UWE GOERITZ

Der Schmied des Königs

Bibliografische Information der Deutschen Nationalbibliothek:

Die Deutsche Nationalbibliothek verzeichnet diese Publikation in der Deutschen Nationalbibliografie; detaillierte bibliografische Daten sind im Internet über http://dnb.dnb.de abrufbar.

© 2023 Uwe Goeritz

Coverbilder: Bilder von David Mark und MenielDM auf Pixabay

Covergestaltung: Uwe Goeritz

Herstellung und Verlag: BoD – Books on Demand, Norderstedt

ISBN: 978-3-7578-1828-9

Inhaltsverzeichnis

Der Schmied des Königs 7

  Ein Höllenschlund 8

  Zwei ungleiche Freunde 12

  Gesellenjahre 17

  Ein Stadtleben 21

  Auf der Suche 26

  Viel zu lernen 31

  Ein langer Weg 36

  Ein neuer Freund 40

  Geheimes Wissen 44

  In der Glut der Erde 49

  Besondere Steine 53

  Ein Auftrag des Königs 58

  Auf der Flucht 63

  Greta 68

  Gefährliche Beschwörungen 72

  Unerwartete Hilfestellung 76

  Genau richtig 80

  Die gekaufte Braut 85

  Hexenwerk und Kirchensegen 89

  Auf zum König! 94

  Im richtigen Moment 99

  Zum Sieg geführt 104

  Ein königliches Privileg 109

  Im Dunkel der Nacht 113

Zeitliche Einordnung der Handlung: 118

Nach dem Zerfall des Frankenreiches im Jahre 843 in drei Teile trat mit König Heinrich im Jahre 918 ein Sachse die Herrschaft über das ostfränkische Reich an. Dieses Teilreich war allerdings mehr ein loser Verband von vielen zum Teil miteinander zerstrittener Stammesverbände.

Ab dem Jahre 900 nutzte das Reitervolk der Ungarn die Schwächen der drei Teilreiche gnadenlos aus. Immer wieder fielen die feindlichen Krieger plündernd und brandschatzend in das Land der Sachsen an deren östlichem Rande ein.

Gegen diese blitzschnellen Angriffe schien kaum eine militärisch erfolgreiche Gegenwehr möglich zu sein, denn genauso plötzlich wie sie kamen, verschwanden die Angreifer auch wieder.

Diese heimtückischen Überfälle wurden zunehmend zu einer ernsten Probe der Herrschaft des Königs.

Diese Erzählung handelt von einem Jungen, der das heimatliche Dorf verlässt, um genau in dieser Zeit in der Fremde das Handwerk des Schmiedes zu erlernen. Hin- und hergerissen zwischen dem alten Glauben an die Götter und dem Christentum versucht er, seinen Platz in dieser Welt zu finden.

Die handelnden Figuren sind zu großen Teilen frei erfunden, aber die historischen Bezüge sind durch archäologische Ausgrabungen, Dokumente, Sagen und Überlieferungen belegt.

1. Kapitel
Ein Höllenschlund

Die beiden Jungen liefen auf den Wald zu. Sie waren gute Freunde und noch keine zehn Jahre alt. Noch nie waren sie alleine in den Wald gelaufen und eigentlich hätten sie gar nicht hier sein dürfen, denn sie hatten es ihren Müttern versprochen.

Heute zum Sonntag, nachdem sie im Gottesdienst gewesen waren, sollten sie in der Nähe des Tores bleiben, das den hölzernen Wall unterbrach, aber der Wald lockte sie viel mehr.

Die beiden ließen die Hütten hinter sich und gingen das kleine Stück Freifläche hinüber, das sich vor dem Palisadenwall erstreckte.

Am Waldrand angelangt drehten sie sich noch einmal um und schauten auf die kleine Siedlung zurück. Zehn Hütten und genauso viele Ställe gab es. Eine Schänke und eine kleine Kirche, deren Glockenturm nur mannshoch über dem Dach aufragte und doch der höchste Punkt des Dorfes war. Keiner war ihnen gefolgt und so verschwanden sie schnell in dem Waldstück, das sich rings um das Dorf erstreckte.

Sie waren schon eine ganze Weile durch das Unterholz geschlichen und jedes Mal, wenn sie eine der Hecken durchquerten, mussten sie einen Teil ihrer Kleidung zurücklassen. Mal ein Stück Hose und mal ein Stück vom Ärmel. Wie sie das hinterher ihren Müttern erklären wollten, hatten sie sich noch nicht überlegt, aber wie immer würde ihnen da sicher auch heute etwas als Ausrede einfallen.

Und plötzlich standen sie vor einer fast senkrecht nach oben führenden Felswand und schauten sich nach beiden Seiten um. Gab es da einen Weg darum herum?

„Nach links", sagte einer von ihnen, zeigte dabei aber nach rechts.

Er hatte da so seine Schwierigkeiten, aber beide folgten der gezeigten Richtung.

Am Fuße des Berges entlang bewegten sie sich vorwärts.

Unheimlich und düster war es hier, aber das schien den beiden zu gefallen. So würden sie noch viel mutiger vor ihren Freunden dastehen, wenn sie von ihrem neuen Abenteuer erzählen würden.

Der Junge, der voranging, stützte sich gegen die Wand des Felsens, als er einen Stein übersteigen wollte, und stutzte. Da war ein Zittern in seiner Hand und er blieb stehen. Etwas pochte rhythmisch in seiner Hand. Schließlich legte er sein Ohr an den Felsen und hörte ein leises Brummen.

Auch der zweite Junge hörte es und daraufhin schlichen sie vorsichtiger weiter.

Alle paar Schritte lauschten sie an der Wand und das Geräusch schien immer lauter zu werden.

Sämtliche Vögel waren verstummt und gerade schoben sie sich gegenseitig vorwärts, denn keiner wollte als Feigling dastehen und so hatten sie sich selbst gefangen.

Schritt für Schritt schoben sie sich durch den immer dunkler werdenden Wald und erreichten einen Stolleneingang, aus dem das pochende Geräusch zu kommen schien.

„Sollen wir da rein? Wir haben keine Fackel?", fragte der eine Junge und hoffte anscheinend, dass der andere einlenkte und zurückging, doch dieser schob sich ohne einen Laut, vorsichtig auf Zehenspitzen, weiter durch den Gang.

Der zweite Junge musste sich jetzt notgedrungen anschließen, auch wenn die Angst schon viel zu tief in seinen Knochen steckte.

Am anderen Ende des Stollens war ein Licht zu sehen und vielleicht waren es ja Bergleute, die hier nach Schätzen gruben.

Der Stollen öffnete sich zu einer größeren Höhle und der vordere Junge blieb stehen. Noch im Stollen drehte er seinen Kopf zur Seite und blieb wie versteinert stehen. Jeder Blutstropfen war aus seinem Gesicht verschwunden, aber das konnte man in der Dunkelheit nicht sehen.

Der zweite Junge trat an seine Seite und erstarrte neben ihm.

„Der Teufel!", flüsterte er erschrocken.

Eine mit Ruß beschmierte Gestalt stand an einem Feuer und hielt einen gewaltigen Hammer in der Hand. Mit einem Dröhnen hieb diese Gestalt auf etwas ein, dass die Funken nur so davon stoben.

Die Augen des Wesens glühten und mit einem Mal zischte es ganz laut.

Die beiden Jungs rannten aus dem Stollen zurück in den Wald und völlig außer Atem blieben sie nach ein paar hundert Schritten im Dickicht liegen.

„Was war denn das?", fragte der eine.

„Das war der Teufel!", entgegnete der andere.

„Davon dürfen wir niemanden etwas erzählen!", bemerkte er weiter und drehte sich zur Höhle um, die aber jetzt schon nicht mehr zu sehen war.

Der andere Junge blickte an sich herab und sagte: „Ich habe mir in die Hose gemacht."

So schnell sie konnten liefen sie zur Stadt zurück und sie erzählen niemandem von ihrer Begegnung, denn sonst würde sie sicher der Teufel holen.

℘ ℘

Wolfram stand an seinem Amboss und wischte sich über die Stirn. War da nicht gerade eine Bewegung auf der anderen Seite der Höhle gewesen? Oder hatten die zuckenden Feuer ihn wieder einmal genarrt?

Er wusste es nicht.

Immer weiter bearbeitete er das Stück Eisen. Die Muskeln seiner Oberarme waren so stark, wie Baumstämme und jeder Schlag mit dem Hammer auf den Amboss hallte in der Höhle nach, aber er musste hier arbeiten.

Die Kraft dieses magischen Platzes sollte in seine Arbeit einfließen und hier hatte er auch noch den Werkstoff direkt hinter sich.

Seit mehr als einer Woche befand er sich hier in diesem Stollen und das ohne etwas zu essen.

Schon bald würde er den letzten Schlag setzen und ein neues unbezwingbares Schwert würde fertig sein.

Er sprach während der ganzen Arbeit mit dem Metall und es schien ihm zu antworten. Immer wieder hielt er die Zange mit dem glühenden Stück Eisen hoch und betrachtete es von allen Seiten.

Jeder Schlag seines Hammers musste sitzen.

Ein Fehler konnte die Arbeit einer ganzen Woche ruinieren und so arbeitete er konzentriert weiter.

Später würde er sicher ein paar Tage hier schlafen und dann wieder zurückkehren, um seine Arbeit abzuliefern.

Er war noch nie in dieser Gegend gewesen und eigentlich hatte der Platz ihn gefunden. Nur hier an dieser Stelle konnte er die Waffe schmieden. Keine zwei Schritte rechts oder links, sondern genau hier musste der Amboss stehen.

Wie im Traum war er hierher gelaufen und schließlich hatte er vor der Höhle gestanden.

Wieder einmal tauchte er das Schwert in das Wasser und sah den, durch das Schmiedefeuer, rötlich verfärbten Dampfschwaden nach.

Die Form hatte das Schwert fast erreicht, nur noch ein paar Schläge, dann war es vollbracht.

Schließlich fiel ihm das Schwert aus der Hand, landete im Wasserbad und er kippte rückwärts um.

Wie ein Stein schlug er auf den Höhlenboden auf und schloss seine Augen.

Das Feuer würde ausbrennen und wenn er wieder erwachen würde, dann wäre das Schwert fertig, nur schleifen und polieren musste er es noch, aber das würde er in seiner Werkstatt machen.

Glutrote Geister tanzten durch seinen Kopf und durch seinen Traum.

2. Kapitel
Zwei ungleiche Freunde

Siegbert saß vor der elterlichen Hütte und hörte die Schweine nebenan satt grunzen. Vor einigen Augenblicken erst hatte er sie gefüttert und jetzt saß er hier auf dem umgestülpten Futtereimer und dachte darüber nach.

Sollte das sein Leben sein? Schweinebauer wie sein Vater und dessen Vater zuvor? Einzig deshalb, weil er der älteste war? Er hatte noch drei Brüder, die aber alle jünger waren, als er selbst.

Vor wenigen Tagen hatte er seinen sechzehnten Sommer begonnen und er spürte tief in sich diesen Drang, von hier zu verschwinden. Bloß wie? Und wohin?

Auf dem Weg zwischen den Hütten ritten ein paar Männer vorbei und einer davon stoppte sein Pferd direkt vor ihm.

Er schaute auf und sah Karl auf dessen Rappen vor sich stehen. Karl war der Sohn des Ritters auf der Burg unmittelbar oberhalb des Dorfes und sie hatten sich schon vor Jahren angefreundet. Lange würde das aber sicher nicht mehr halten, denn in ein paar Jahren würden sie Herr und Knecht sein.

Im Moment waren sie beide zwei gleich alte Jungs und Freunde, aber wie lange noch? Wenn Siegbert hier blieb, so konnte er die Tage bis dahin schon zählen. Noch zwei Jahre, höchstens drei.

Karl sprang von seinem Pferd und versank mit seinen Stiefeln sofort eine gute Handbreit im Schlamm des Weges.

Siegbert erhob sich und trat auf den Freund zu. Schuhe hatte er nicht und der Schlamm war ihm völlig egal. Sie begrüßten sich mit einem Handschlag und gingen den Weg entlang. Das Pferd trottete ihnen hinterher, ohne dass Karl es führen musste.

Wie gebannt schaute Siegbert dabei auf das Schwert an der Seite seines Freundes, das dieser heute zum ersten Mal trug. Diese Waffe war sicher mehr als fünfmal so lang, wie sein eigenes Messer, und das war schon das längste Messer gewesen, was Siegbert finden konnte.

Gern würde er das Schwert einmal in die Hand nehmen, aber das war nichts für Bauernhände und wenn es einer der Männer von der Burg sehen würde, dass er eine Waffe in den Händen hielt, so würde es ihm, und sicher auch seinem Freund Karl, schlecht ergehen.

Aber ihn interessierte nicht so sehr die Waffe, sondern die Art und Weise, wie sie hergestellt wurde.

Immer dann, wenn der Schmied in ihrem Dorf bei seiner Tätigkeit war, konnte er nicht umhin, ihn dabei beobachten zu müssen. Die Arbeit des Schmiedes hatte ihn von klein auf angezogen. Wie der Mann mit ein paar Hammerschlägen eine krumme Sense wieder in Form brachte, war einfach nur sehenswert und fast wie Zauberei.

Wie war wohl erst die Arbeit an solch einem Schwert? Sicher noch viel faszinierender. Vielleicht sollte er eine Anstellung bei einem Schmied suchen? Nur wo?

Er begann zu überlegen und schließlich zeigte er auf das Schwert und fragte seinen Freund danach.

Karl blieb stehen und zog das Schwert heraus.

„Es ist ein Ulfberht. Eine besondere und kostbare Waffe", begann Karl und dabei hielt er das Schwert über seinen Kopf, wodurch sich die Sonne darin spiegeln konnte.

Ein seltsam verdrehtes Muster war in die Klinge eingearbeitet und im Lichte der Sonne sah es aus, als ob die Waffe lebte und sich der Geist des Schwertes darin auf und ab bewegte.

„Es kostet mehr, als alle Dörfer meines Vaters in einem halben Jahr Abgaben zu uns bringen!", gab Karl noch zu verstehen.

Jetzt erst konnte Siegbert den Wert des Schwertes richtig ermessen. Solch eine Waffe wollte er machen. Nur wo?

„Weißt du, wo sie gefertigt wurde?", fragte er daher seinen Freund, doch der schüttelte nur den Kopf und steckte die Waffe wieder weg.

Damit hatte Siegbert einen Entschluss gefasst, doch plötzlich hörte er den Vater nach ihm rufen.

Schnell lief er zurück und kassierte für sein Trödeln eine Schelle.

Er hielt sich die schmerzende Wange und machte sich schleunigst wieder an die Arbeit, doch damit war sein Entschluss noch viel fester gefasst worden.

Während Siegbert im Stall bei den Kühen arbeitete, ging Karl, nun das Pferd am Zügel führend, den kleinen Hügel hinauf, wo der Turm über den Holzpfählen gut zu sehen war.

Das Bauwerk nannte sich Burg, aber eigentlich war es nur die von hölzernen Palisaden umgebene Hügelspitze oberhalb des Dorfes. Auch hier gab es nur Holzhütten, Scheunen und Ställe, denn es sollte ein Fluchtpunkt für die umliegenden Dörfer sein, wenn die Ungarn mal wieder nach Sachsen einfielen, wie sie es schon oft in den letzten Jahren gemacht hatten.

Hinter Karl wurde das Tor geschlossen, auch wenn es noch nicht dunkel war, aber man wollte den Schwachpunkt der Befestigung nicht unnötig zu lange ungeschützt lassen.

Neben dem Tor, auf der Plattform des hölzernen Turmes, stand sein Vater und stützte sich auf die Brüstung des nach innen offenen Bauwerkes.

Er sah zu Karl hinunter und wendete sich danach wieder der Umgebung zu.

Rupert konnte von diesem Platz aus alle zehn Dörfer sehen, die zu seinem Bereich gehörten und deren Bauern dafür sorgten, dass sie hier oben einigermaßen gut leben konnte. Zumindest besser als die Landbevölkerung, die ihm vollkommen gehörte.

Hier hatte er zwar eine Schutzaufgabe, gleichzeitig mussten die Bauern für ihn sorgen. Früher, als sein Großvater noch hier lebte, waren sie noch alle gleich gewesen, doch jetzt hatte er vom König dieses Lehen erhalten und damit auch das Leben der Menschen zu seinen Füßen.

Bei allem, was die Bauern machen wollten, mussten sie daher jetzt ihn fragen. Egal ob sie heiraten oder fortziehen wollten, Rupert hatte das Recht zu entscheiden und er ließ niemanden aus seinem Bereich heraus, denn jeder Bauer, jede Bäuerin vermehrte seine Macht.

Auch Recht sprechen lag nun in seinen Händen und jeden Sonntag, nach dem Gottesdienst kamen die Menschen zu ihm und er musste entscheiden. Das machte er meist nach Gefühl oder danach, wer ihm mehr Macht versprechen konnte. So manches Schlachttier wechselte gelegentlich den Besitzer, um den Richter in ihm milde oder wohlgesonnen zu stimmen und er fand das gar nicht mal so schlecht.

Mit jeder Ernte stieg sein Einfluss und sicher würde er bald vom König noch ein paar Dörfer erhalten, weil sein Nachbar beim Herrscher in Ungnade gefallen war.

Er musste nur noch dafür sorgen, dass der König sein Geschenk, eine kostbare Halskette, erhielt. Dieses Geschenk war bestimmt gut angelegt und würde sein Ansehen bei König Heinrich[1] noch weiter stärken.

Rupert kletterte auf der Leiter den Turm hinab und ging über den Platz zu seiner Hütte hinüber. Schon bald würde er hier ein Haus aus Stein bauen können, aber zuvor war erst einmal die Vergrößerung seines Lehens wichtiger.

Er setzte sich an den Tisch und nach einem kurzen Dankgebet wurden die Speisen aufgetragen.

Rupert und Karl saßen zusammen mit den Knechten an der Tafel und ließen sich von den Frauen bedienen.

Während des Mahls teilte er als Herr die Arbeiten des nächsten Tages ein und erkundigte sich nach den erfüllten Aufgaben des Tages.

---

[1] Heinrich I. (* um 876 - 2. Juli 936), König des Ostfränkischen Reiches ab 918

Sieglinde, Karls Mutter und damit Ruperts Frau, leitete aus der Küche heraus die Mägde an, an der Tafel war sie nur geduldet, wenn ihr Mann ihr Aufgaben erteilen wollte.

Wohlwollend ließ er seinen Blick über die kleine Schar schweifen. Seine Gefolgschaft!

In seiner Burg lebten dreißig Menschen, von denen er fünfzehn Männer zur Verteidigung hatte. Die anderen waren Frauen und Kinder.

Nach dem Essen blieben die Männer im Schein des Feuers zusammen und leerten so manchen Becher Bier, bevor sie schließlich berauscht in ihre Betten fielen.

3. Kapitel
Gesellenjahre

itten in der Nacht hatte sich Siegbert davon geschlichen. Nur das Nötigste hatte er in einem kleinen Beutel verstaut. Am Waldrand hatte er sich noch ein letztes Mal umgedreht und auf das im Mondlicht still daliegende Dorf zurückgeschaut, bevor er seiner Kindheit für immer den Rücken kehrte.

Er ging durch den Wald abseits der Wege, denn wenn Karls Vater ihn erwischen würde, so war ihm der Schandpfahl sicher und er würde für immer in dem Dorf bleiben müssen.

Ritter Rupert ließ schon keine Alten von hier fort, was würde er erst machen, wenn ein junger, kräftiger Mann sich ohne seine Erlaubnis entfernt hatte.

Noch wusste er nicht, wohin er sich wenden sollte, aber erst einmal musste er weit weg.

Siegbert lief in Richtung der aufgehenden Sonne und versuchte den Tag über diese Richtung zu halten, auch wenn das im dichten Wald, weitab der Wege, nicht ganz so einfach war.

Am meisten hatte er davor Angst, im Kreis zu gehen und plötzlich wieder vor seinem Dorf zu stehen.

Am Abend kletterte er auf einen Baum, um dort oben sicher zu schlafen.

Zumindest hatte er das Gefühl dort oben geschützter zu sein und da es gerade Anfang des Sommers war, war es im Wald nicht so kalt und er fand überall Beeren und Wurzeln, die er essen konnte.

Tagelang blieb er auch weiterhin abseits der Wege, denn einerseits hatte er ja sowieso kein Geld, um irgendwo einzukehren und andererseits dachte er immer noch, dass Rupert hinter ihm her war, aber jetzt hielt er sich nur so weit entfernt im Wald, dass er die Wege und Straßen noch sehen konnte, so hatte er immer noch die richtige Richtung.

Das hoffte er zumindest.

Eines Abends sah er von seinem Platz auf dem Baum aus, wie ein Wagen auf einer Straße in der Nähe entlang fuhr und dann direkt unter seinem Baum stehen blieb. Die Männer saßen dann ab und schlugen ihr Nachtlager auf.

Von oben hörte er zu, wie sie sich unterhielten.

Sie redeten von einer Stadt, in die sie reisen wollten und die nicht weit entfernt im Osten liegen sollte. Dabei erzählten die Männer so laut, dass Siegbert jedes Wort verstehen konnte.

Das war es doch! Es war ein Zeichen für ihn.

Dorthin wollte er ziehen, denn in einer Stadt waren alle frei, so hatte er es gehört.

Genau wusste er es nicht, aber was hatte er schon zu verlieren?

Er klammerte sich an seinen Ast und versuchte dabei kein Geräusch zu machen.

Schließlich schliefen die Männer unter ihm am Feuer ein und er stieg geräuschlos den Stamm hinab.

Genauso leise schlich er ein paar hundert Schritte in den Wald, wo er sich versteckte und in die Dunkelheit lauschte, ob er gehört worden war.

Aber alles blieb ruhig.

Diesmal legte er sich in einem Gebüsch zum Schlafen hin und konnte das Feuer trotzdem von diesem Platz aus sehen.

Ein Geräusch weckte ihn schließlich. Blinzelnd sah er, dass die Sonne soeben aufgegangen war und die Männer ein paar dutzend Schritte von ihm entfernt den Wagen wieder anspannten.

Langsam ging er dem Fuhrwerk hinterher, blieb aber auch weiterhin einige Schritte seitwärts im Wald.

So kam der Wagen natürlich schneller voran als er, aber das war ihm egal, denn jetzt hatte seine bisher eher unstetige Reise einen Endpunkt und nichts würde ihn jetzt noch davon wieder abbringen.

Und schon einen Tag danach hatte er dieses Ziel erreicht.

Fast einen halben Mond war er seit seinem Aufbruch im heimatlichen Dorf unterwegs gewesen, als er endlich an einem Fluss stand und die ersehnte Stadt vor sich sah.

So viele Häuser hatte er noch nie auf einer Stelle gesehen!

Flugs folgte er dem Fluss und stand dann vor dem Tor, an dem ein paar Wachposten ihren Dienst versahen, aber da bei ihm nichts zu holen war, wurde er nur kurz untersucht und danach ließen ihn die Wachleute ein.

Doch wohin sollte er sich nun wenden?

Vom Tor aus führten einige Straßen fort und er sah sich nach allen Seiten um. Viele Menschen liefen umher und Siegbert beschloss, zur Kirche zu gehen, denn dort, in der Mitte der Stadt, konnte er ja vielleicht jemanden fragen.

Staunend lief er durch die große Siedlung und als er fast an der Kirche angekommen war, hörte er Hammerschläge und drehte sich in diese Richtung.

Am Rande eines Platzes stand ein großes Tor weit offen.

Die Geräusche zogen ihn beinahe magisch an und als er in das offene Tor trat, sah er vor sich einen Mann an einem Feuer stehen. Es war ein Schmied, der gerade ein Hufeisen schmiedete, das er danach einem Pferd anpassen wollte, das ein bewaffneter Mann am Zügel festhielt.

Fasziniert schaute Siegbert zu und als die Arbeit schließlich getan und der Mann mit dem Pferd gegangen war, fragte er den Schmied: „Kann ich bei dir dein Handwerk erlernen?"

Der Mann überlegte nur kurz und reichte ihm danach wortlos die Hand.

Damit gesellte er sich zu dem Mann und passte bei allem auf, was dieser machte.

Reinhold, so hieß der Mann, hatte es nach seiner Erklärung auch nur durch Zusehen gelernt und er brauchte sowieso jemanden, der ihm half, denn auch er selbst lebte noch nicht lange in der Stadt.

Zuvor hatte auch er in einem Dorf gewohnt und so konnten sie von jetzt an zu zweit die Stadt erkunden.

Beeindruckt lief Siegbert auch weiterhin durch die Gassen.

Hier gab es keinen Herren, niemand gehörte einem anderen, alle waren innerhalb der Stadtgrenzen frei.

Einmal in der Woche wurde hier auch ein Markt abgehalten, zu dem die Bauern aus der Umgebung zusammen kamen.

In den ersten beiden Wochen seines Aufenthaltes erlebte Siegbert mehr in der Umgebung, als dass er in der Schmiede aufpasste, denn er musste den Raum sauber halten und für ihr Essen sorgen.

Und sicher würde er noch lange lernen müssen, bis er wusste, wie das Schmieden ging.

Reinhold selbst hatte zwei Jahre als Gehilfe gearbeitet, bis er zum ersten Mal den Hammer in die Hand nehmen durfte.

Doch Siegbert war seinem Ziel schon sehr viel näher gekommen und endlich hatte er auch das Gefühl nicht mehr gejagt zu werden.

Hier konnte ihn Rupert nichts mehr anhaben, hier in der Stadt war er endlich frei.

Reinholds Schmiede bestand nur aus einem Raum. Am Tag arbeiteten sie dort und in der Nacht schliefen sie nahe beim Schmiedefeuer. So war es auch im Winter schön warm in dem kleinen Haus, was ja eigentlich nur ein einziger überdachter Raum war und wo die Vorderseite komplett zur Straße hin geöffnet werden konnte.

Alles, was in der Stadt so an metallenen Gegenständen kaputtging, das wurde von Reinhold repariert, denn er war der einzige Schmied in der kleinen Stadt und so lernte er fast alles zu reparieren.

Oft erklärte der Schmied für ihn, was er tat und Siegbert war ein wissbegieriger Schüler.

4. Kapitel
Ein Stadtleben

Bereits das zwei Jahr lebte Siegbert jetzt in der Stadt und wusste vom Zusehen alles, was der Schmied machte, doch noch immer hatte er kein einziges Stück glühendes Eisen geformt.

Seine Aufgabe war es, für das Feuer zu sorgen und auch alle anderen Arbeiten rund um den Amboss zu verrichten, doch eines Tages nahm Reinhold ihn mit zu einer Versammlung in die Schänke.

In dem schummrigen und verrauchten Raum waren schon Dutzende Handwerker anwesend. An ihrer verschiedenen Kleidung konnte Siegbert sie erkennen und manchen von ihnen kannte er schon. Zum Beispiel den Bäcker und den Fleischer, bei denen er oft kaufte.

Reinhold setzte sich an einen der Tische und begrüßte die anderen Männer.

Noch immer wusste Siegbert aber nicht, was er hier sollte, doch schon bald erhob sich ein weißhaariger alter Mann.

Alle hörten ihm zu, als er zu reden begann: „Wir haben uns hier zusammen gefunden, um vor dem Rat mit einer Stimme zu sprechen, so wie es die Händler schon lange tun. Nur so können wir für unsere Interessen eintreten."

Die versammelten Männer stimmten ihm lautstark zu und schon wogten die Zurufe durch den Raum. Zwar waren alle dafür, doch jeder von ihnen wollte etwas anderes.

Für die ganzen Reden und Wortgeplänkel hatte Siegbert schon bald keine Aufmerksamkeit mehr, denn sein Blick blieb ständig an der Tochter des Wirtes hängen, die Krüge zu den Tischen trug.

Bereits oft hatte er sie auf dem Markt gesehen, aber noch nie hatte er sich getraut, die gleichaltrige Frau auch nur richtig anzusehen. Sie kam soeben auch zu seinem Tisch und stellte einen Krug vor ihn hin, wobei Siegbert spürte, wie er bis über beide Ohren rot wurde.

Zu seinem Glück würde sie es vermutlich aber nicht sehen können, da das Licht in dem Raum durch die Feuer bereits rötlich war.

Immer mehr Krüge wurden geleert, immer heißer wurde hin und her gerufen. Für all dieses hatte er immer noch kein Ohr, denn auch weiterhin verfolgten seine Augen die Frau und erst als Reinhold ihn an der Schulter anstieß, kam er mit seiner Aufmerksamkeit wieder zurück zu ihm.

Er blickte den Freund an und dieser sah wohl, dass er nicht bei der Sache gewesen war, aber auch er sollte mit abstimmen und daher fasste Reinhold kurz für ihn alles zusammen, aber er hörte auch dieses Mal nicht richtig zu. Das einzige, was er verstand, war, dass sie mit einer Stimme sprechen sollten.

Schließlich stimmten sie für den weißhaarigen Mann, der Wolfgang hieß. Ab sofort sollte er die Handwerker vor den Oberen der Stadt vertreten.

Zum Schluss der Versammlung gab der Mann noch eine Runde Bier aus.

Die junge Frau eilte daraufhin zu den Tischen und stolperte über den Fuß eines Mannes. Sie stürzte und die Krüge fielen ihr zu Boden.

Siegbert half ihr schnell auf, ihre Hände berührten sich dabei und sie sahen sich für einen Moment in die Augen, dann rief der Wirt nach seiner Tochter und sie eilte davon.

Später gingen die Männer auseinander und Siegbert hatte alle Mühe, um nach Hause zu kommen, denn das ungewohnte Starkbier hatte ihm doch sehr zugesetzt.

Sein Freund stützte ihn daher auf dem Heimweg und wie er ins Bett gekommen war, wusste er am nächsten Tag nicht mehr.

Irgendwie fehlte ihm ein Stück des Heimweges und er hoffte, dass er sich vor der Tochter des Wirtes nicht danebenbenommen hatte, aber er kannte noch nicht einmal ihren Namen.

Schließlich schlich er an diesem Morgen aus dem Stadttor hinaus, um sich in einem in der Nähe gelegenen Teich zu erfrischen.

Nur in seiner Unterkleidung ließ er sich in den Weiher gleiten. Das Wasser war kalt und gerade mal hüfttief.

An einer flacheren Stelle setzte er sich in das Gewässer und schaute auf das schwankende Schilf, das fast ringsum am Ufer des Teiches wuchs. Dabei versuchte er, endlich wieder nüchtern zu werden, als er ein leises Plätschern von der anderen Seite bemerkte.

Als er in diese Richtung sah, schwamm die Tochter des Wirtes direkt vor ihm vorbei.

Sie hatte ihn offenbar nicht gesehen und er blieb still sitzen, denn er wollte sie ja nicht erschrecken. Sie trug ebenfalls nur ihr Unterkleid und ihr wundervolles, langes, rotblondes Haar war offen.

Am Vorabend hatte sie noch Zöpfe gehabt, aber so zog sie ihre Haare hinter sich her und beim Schwimmen tauchte sie immer wieder kurz unter.

Plötzlich flog hinter Siegbert ein Vogel im Schilf auf und sie blickte erschrocken in diese Richtung. Noch mehr erschrak sie wohl, als sie ihn dort erblickte.

Für einen Moment vergaß sie das Schwimmen und schluckte daher etwas Wasser. Hustend und spuckend schwamm sie schnell zum Ufer. Dort angekommen zog sie sich das nasse Unterkleid mit den Händen vor der Brust zusammen und setzte sich danach so in das Wasser des Weihers, dass nur ihr Kopf noch herausschaute.

Siegbert erhob sich und ging eher unbeholfen durch das hüfttiefe Wasser zu ihr hinüber.

Mit einem leisen Geräusch setzte er sich neben sie und es war ihm ganz recht, dass sie damit nicht von ihm fortgehen konnte, denn damit konnte er sie endlich kennenlernen.

„Mein Name ist Siegbert und wie ist deiner?“, fragte er und schaute sie erwartungsvoll an.

„Greta“, antwortete sie nach einer ganzen Weile des Schweigens.

Offenbar hatte sie endlich eingesehen, dass er ohne eine Antwort von ihr nicht weggehen würde.

Sichtbar verlegen strich sie sich das nasse Haar aus ihrem Gesicht.

Zögerlich begannen sie ein Gespräch, dass aber leider bereits nach wenigen Worten von Pferdegetrappel unterbrochen wurde.

Eilig drehte sich Siegbert dorthin um und zog danach die strampelnde Frau schnell in das Schilf hinein.

Dort hielt er ihr den Mund zu und flüsterte Greta ins Ohr: „Die Ungarn!"

Jetzt sah er auch die Angst in ihren Augen und da dies auch ihm nicht ganz egal war, blieben sie mitten im Schilf.

Nur ihre Köpfe schauten heraus und so beobachteten sie ängstlich durch das Schilfgestrüpp die fremden Reiter.

Es waren etwa ein Dutzend Männer und sie führten ihre Pferde soeben auch noch an den Teich, um sie dort zu tränken.

Daneben setzten sich einige von ihnen auf die Wiese und wollten wohl hier Rast machen.

Ihnen beiden im Schilf blieb daher nichts weiter übrig, als zu warten.

Voller Angst drückte sich Greta ganz dicht an Siegbert, was dieser nur zu gern zuließ, denn so konnte er noch beschützender für sie sein. Wobei er tunlichst darauf achtete, dass sie nicht seine Angst dabei spürte.

Es dauerte eine ganze Weile, bis die Reiter endlich wieder verschwanden.

Greta fing schon an zu zittern, aber noch mussten sie ausharren. Es war zwar Frühsommer, aber der Teich war doch noch etwas kühl.

Als sie endlich wieder alleine waren, brach Greta in seinen Armen bewusstlos zusammen.

Die Kälte und die Angst waren für sie wohl zu viel gewesen.

Siegbert hob sie auf seine Arme und trug sie an das Ufer. Dort zog er sie zuerst an und danach sich.

Anschließend trug er Greta schnell zur Stadt.

Schon vor dem Tor rief er laut aus: „Die Ungarn!"

In Windeseile verbreitete sich sein Ruf durch die Stadt und Siegbert musste von seinen Beobachtungen erzählen, während sich Gretas Mutter um ihre noch bewusstlose Tochter kümmerte.

5. Kapitel
Auf der Suche

Es war noch keine Stunde vergangen und alle Bewohner der Stadt hatten sich schon bewaffnet. Sogar Lisa, die Frau des Fleischers, stand vor ihrem Haus, das Kind zum Stillen mit der einen Hand an die Brust gepresst und ein großes Fleischerbeil in der anderen Hand haltend.

Alle Männer waren an dem Palisadenwall angekommen und die Stadtwache beriet, was zu tun sei.

Siegbert stand bei ihnen am Tor und hörte zu.

Schließlich beschlossen die Männer den Ungarn zu folgen, um sie zu stellen.

Der Anführer griff sich auch Siegbert und drückte ihm eine Axt in die Hand.

Anschließend machten sich etwa zwei Dutzend bewaffnete Männer auf den Weg und Siegbert musste ihnen zeigen, wo er die Reiter gesehen hatte.

Am Teichufer kniend betrachtete der Anführer aufmerksam die Spuren, dann nickte er und erhob sich wieder.

„Sicher eine Vorausabteilung. Die erkunden Ziele und dort wird dann später angegriffen, wenn sie sich wieder mit der Hauptmacht vereinigt haben!", erklärte er.

Siegbert entgegnete: „Das dürfen wir nicht zulassen!"

Der andere Mann nickte und zeigte mit der Hand in die Richtung, in welche die Spuren führten, denn die Reiter hatten sich nicht die Mühe gemacht, ihre Fährte zu verwischen.

Sie waren sich offensichtlich sehr sicher.

Und wenn er sie aus dem Teich heraus nicht beobachtet hätte, wäre der Plan der Reiter sicher aufgegangen, denn Hufspuren gab es hier überall zuhauf und niemand hätte allein davon auf die ungarischen Reiter und die von ihnen daher ausgehende Gefahr schließen können.

Nach allen Seiten sichernd, und die Pfeile bereits in die Bögen gelegt, schlichen die Männer vorwärts.

Doch wie weit konnten die Reiter schon entfernt sein?

Nach den Spuren im Gras gingen sie noch immer neben den Pferden her, also waren sie sicherlich noch nicht sehr weit gekommen.

Warum blieben sie aber in der Nähe?

Hatten sie die Stadt schon erkundet und wollten hier warten? Dann waren sie alle in Gefahr.

Was wäre, wenn sie sich schon mit der Hauptmacht vereinigt hatten und sie auf einmal einigen Hundert Reitern gegenüber stehen würden?

Unwillkürlich ließ sich Siegbert ein paar Schritte zurückfallen und wäre daher beinahe mit dem hinter ihm laufenden Mann zusammen gestoßen.

Schließlich betraten sie ein Wäldchen, allerdings mehr zögerlich, als wirklich mutig.

Das Gehölz war sehr dicht und die Büsche des Unterholzes reichten bis an den schmalen Waldpfad heran. Bei jedem Schritt musste man mit einem Feind rechnen, der eventuell aus den Büschen heraus die kleine Gruppe mit einem Pfeilhagel überschütten konnte.

Ohne einen Laut gingen die Männer vor, der Anführer, mit dem Blick auf den Boden und die Büsche vor sich, immer an der Spitze.

Vorsichtig setzte der offenbar sehr erfahrene Mann immer wieder seinen Fuß auf, wobei er Äste und Zweige mit der Fußspitze aus dem Weg schob.

Siegbert schlich direkt hinter ihm her und neben sich hatte er zwei Bogenschützen, die mit den Pfeilen in den Waldrand zielten.

Jede Bewegung vor ihnen hätte sofort einen Pfeil ausgelöst.

Er fasste die Axt fester und hob sie an.

Dann blieb der Mann vor ihm stehen und hob seine Hand.

Über dessen Schulter hinweg sah Siegbert, dass ein Stoffstück etwa ein Dutzend Schritte vor ihm im Grase lag.

So unvorsichtig konnte niemand sein!

Das musste eine Falle sein.

Der Anführer drehte sich vorsichtig zurück und zeigte nach links und rechts ins Unterholz.

Vorsichtig schoben sich die Männer der Stadtwache durch das Gebüsch.

Noch viel langsamer kamen sie jetzt voran.

Aber war es wirklich eine Falle? Oder hatte nur einer der Reiter etwas verloren.

Etwas entfernt hörte man ein Pferd schnauben und alle blieben schlagartig stehen.

Auch Siegbert lauschte in den Wald.

War es eine Täuschung seiner Sinne?

Nein, da war das Schnauben erneut zu vernehmen.

Direkt vor sich bemerkte er eine Bewegung und warf unverzüglich seine Axt in diese Richtung.

Ein Schrei war daraufhin zu hören und sofort flogen Pfeile in beide Richtungen.

Siegbert ließ sich fallen und zwei Pfeile bohrten sich über ihm in den Baum, vor dem er gerade noch gestanden hatte.

Diese Axt hatte Reinhold geschmiedet und Siegbert hatte mit ihr das Werfen geübt, das hatte ihm wohl gerade das Leben gerettet.

Schreiend liefen die Männer der Stadtwache und die ungarischen Räuber aufeinander zu.

Der Lärm des Kampfes war rings um ihn zu hören und Siegbert schlich nach vorn, wo er den Mann liegen sah, den er mit der Axt niedergestreckt hatte.

So tief wie nur irgend möglich bewegte er sich über den Waldboden dahin und zog die Axt aus der Brust des Mannes.

Vorsichtig folgte er der Stadtwache und sah dabei die ersten toten Männer aus der Stadt. In einem von ihnen steckten fünf Pfeile.

Immer leiser wurde der Kampflärm.

Plötzlich lief einer der Männer an ihm vorbei.

Siegbert rannte ihm hinterher.

Am Rande einer Lichtung sprang der Reiter auf eines der Pferde, die dort angebunden waren.

Siegbert zögerte nur einen Moment und sprang danach auf eines der dort stehenden Pferde.

Eigentlich hatte er bisher nur zwei Mal auf einem Pferd gesessen, doch daran dachte er nur kurz, dann stützte er seine Füße in die Ringe und jagte seine Fersen in die Seiten des Pferdes.

Das Tier machte einen gewaltigen Satz nach vorn und Siegbert wäre beinahe von seinem Rücken herab gefallen.

Zum Glück hatte er die Axt festgehalten und so jagte er dem Reiter hinterher.

Er beugte sich so tief auf den Hals des Pferdes herunter, wie es nur ging.

Zwei Pferdelängen vor ihm hetzte der andere Mann durch den Wald.

Als der schließlich den Waldrand erreichte, schleuderte Siegbert eher aus Verzweiflung seine Axt, die den Mann aber zum Glück in die Schulter traf.

Mit einem Schrei stürzte er vom Pferd und schlug auf der Wiese auf. Das Knacken der Knochen konnte Siegbert dabei deutlich hören und als er neben ihm vom Pferd sprang und das Messer zog, war der andere Mann bereits tot.

Siegbert lud dessen Leiche auf sein Pferd und führte es zurück zur Lichtung, wo die Männer der Stadtwache auf ihn warteten.

Alle Ungarn waren niedergemacht worden, doch auch die Hälfte der Verfolger aus der Stadt hatte den Kampf nicht überlebt.

Der Anführer war am Arm verletzt worden und ließ seine toten Kameraden auf die Pferde packen. Die Feinde durchsuchte er und ließ sie danach auf der Lichtung liegen.

„Wo befand sich jetzt aber die Hauptmacht?", fragte sich Siegbert in Gedanken und schaute auf die Pferde.

Vielleicht hätten sie einen der Feinde am Leben lassen sollen, um ihn darüber zu befragen, doch dafür war es jetzt zu spät.

Noch vor dem Abend waren sie wieder in der Stadt zurück.

Den Arm in der Schlinge ging der Anführer zum Rat der Stadt, um dort seinen Bericht abzugeben.

Von jetzt an mussten alle sorgfältig aufpassen, denn die Ungarn waren sicher noch irgendwo in der Nähe.

6. Kapitel
Viel zu lernen

Am Tag nach dem Kampf hielt Reinhold Siegbert den Hammer hin und sagte zu ihm: „Versuche es einmal. Ich glaube, du bist jetzt so weit."

Siegbert nahm die Zange und holte ein Stück glühendes Eisen aus dem Feuer, wie er es so oft bei seinem Meister gesehen hatte. Anschließend ergriff er den Schmiedehammer und schon nach ein paar Schlägen konnte man den Beschlag einer Tür bereits deutlich erkennen.

Vom Zusehen hatte er viel gelernt und jetzt saß jeder Schlag, auch wenn er noch nicht so schnell arbeitete, wie der erfahrenere Schmied.

Von jetzt an sollte er auch das Schmieden lernen und Reinhold half ihm bei dieser Arbeit.

Von diesem Moment an schmiedeten sie immer abwechselnd und Siegbert wurde mit jedem Auftrag und Tag immer besser.

Egal was auch immer gewünscht wurde, er begann und konnte es, oft zur Verwunderung seines Meisters!

Manchmal ertappte er sich selbst dabei, wie er das Eisen im Gedanken fragte, wie es bearbeitet werden wollte und kurz darauf wusste er es instinktiv.

Die Arbeit mit dem glühenden Metall war das, was er schon immer gewollt hatte und dennoch fehlte ihm irgendetwas, doch was es war, wusste er noch nicht.

Greta ließ sich immer wieder mal in der Schmiede sehen.

Sie brachte alles Mögliche zur Reparatur und Siegbert schien es so, als ob bestimmte Dinge bei ihr absichtlich kaputtgegangen waren.

Fast einen Monat schmiedete Siegbert bereits, als Greta abermals in die Schmiede kam und diesmal brachte sie eine kleine Sichel, die so komisch verformt war, als ob man damit versucht hatte, einen Stein abzuschneiden.

Der Meister neben ihm musste gerade ebenfalls lächeln, denn auch er hatte es wohl längst bemerkt.

Es wurde schon immer auffälliger, dass sie versuchte, Dinge im Haushalt zu finden, die nur er reparieren konnte.

Der Meister zog sich schmunzelnd zurück und er stecke das kleine Metallstück in das Schmiedefeuer. Mit dem Fuß betätigte Siegbert den Blasebalg und kleine Funken stoben dabei auf. Durch diese hinweg beobachtete er die Frau.

Greta setzte sich wie immer auf ein leeres Fass, das neben der Schmiede stand, blinzelte in die Sonne und wartete auf die reparierten Haushaltsgegenstände. Sie schien dabei unbeteiligt, aber immer dann, wenn er von der Arbeit aufsah, bemerkte er, wie sie schnell den Kopf wegdrehte oder die Augen niederschlug.

Ihre wundervollen rotblonden Haare hatte sie fast vollständig unter einer weißen Kappe verborgen und nur manchmal, so wie an diesem Tage auch, schaute eine kleine Locke frech unter deren Kante hervor.

Manchmal spielte sie unbeabsichtigt mit der Locke und drehte sie um ihren Finger.

Greta trug ein rotbraunes Kleid, unter dessen Saum gelegentlich, wenn sie ihren Fuß bewegte, das weiße Unterkleid hervorschaute.

Der geschnürte Schuh wippte soeben in einem Takt zu einer unhörbaren Melodie.

Siegbert riss sich von diesem bezaubernden Anblick los, zog die Sichel aus dem Feuer und begann deren Klinge zu richten. Es würde sicher nur ein paar Augenblicke dauern, aber immer wieder schaute er zwischen den Hammerschlägen zu ihr hinüber, denn sie gefiel ihm außerordentlich gut.

Noch hätte er zwar gar nicht die Möglichkeit, eine Frau und Kinder zu ernähren, doch mit ihr konnte er sich gut vorstellen, eine Familie zu gründen.

Mit dem letzten Schlag beendete er die Arbeit und tauchte die Sichel in das Wasser, es zischte und er gab sie ihr anschließend vorsichtig zurück.

Dabei berührten sich ihre Hände und Greta zuckte kurz zusammen.

Nach einem kurzen Blick und einem dankbaren Nicken verschwand sie wieder mit einem wehenden Rock in schnellen Schritten.

Ihr Ziel, die väterlich Schankstube, war nicht weit entfernt und wenn das Haus des Fleischers nicht dazwischen gewesen wäre, hätte er von der Schmiede aus die Eingangstür dieser Schankstube sehen können.

Über der Tür hing ein kleines Fass und wenn er in die Stadt ging, um etwas zu besorgen, blieb er immer kurz darunter stehen, doch da er von Reinhold keine Münzen für seine Arbeit erhielt, sondern nur die Unterkunft und die Verpflegung, konnte er nur in die Schänke gehen, wenn der ältere Freund ihn dorthin einlud, was allerdings viel zu selten passierte.

Nachdem Greta die Schmiede verlassen hatte, betrat der Anführer der Stadtwache die kleine Werkstatt und brachte sein Schwert mit. Es war bei den Übungen mit seinen Leuten verbogen und Reinhold richtete es mit ein paar Schlägen sowie etwas Hitze durch das Feuer.

Siegbert sah sich danach die Waffe sorgsam an, doch es war minderwertiges Eisen, billig hergestellt und nicht wirklich stabil.

Jetzt dachte er wieder an die Waffe seines Freundes Karl zurück, die dieser ihm damals im Dorf gezeigt hatte und plötzlich wusste er wieder, was er wollte.

Er wollte Schwerter schmieden!

Und es sollten gute Waffen sein, nicht so ein mieses Stück Metall, wie er es gerade in der Hand hielt.

Dafür hatte er ja damals das elterliche Haus in der Nacht verlassen.

Er reichte die Waffe an Reinhold zurück, der das Schwert noch schnell auf einem Schleifstein wieder anschliff. Mit jedem Mal wurde die Klinge etwas schmaler und kürzer, bis sie irgendwann in absehbarer Zeit mal ganz abbrechen würde.

Die anderen Männer der Wache hatten Spieße und Äxte, denn nur der Anführer durfte ein Schwert haben, doch das hier war nur ein längeres Messer. Nicht zu vergleichen mit einem Ulfberht oder einem ähnlich kostbaren Schwert, wie es die Reiter des Königs oder andere hochgestellte Personen besaßen.

Es war vermutlich auch das einzige Schwert in der Stadt.

Siegbert sah dem Mann noch lange nach, als er wieder davon gegangen war und merkte daher nicht, dass Reinhold an ihn herangetreten war.

Er zuckte zusammen, als der Freund ihm die Hand auf die Schulter legte und ihn damit aus seinen Träumen riss.

„Was ist los, Siegbert?", fragte er ihn.

Er überlegte einen Moment, dann zeigte er wortlos auf die Tür, als ob der Anführer der Wache noch da stehen würde.

Reinhold nickte verstehend.

„Ich wollte einst auch gute Schwerter schmieden, aber dann bin ich in dieser Stadt geblieben. Wenn du auch welche schmieden willst, so solltest du gehen, bevor du eine Familie gründest", erzählte der ältere Freund. Dabei zeigte er mit dem Kopf auf das Haus des Fleischers und Siegbert spürte, wie er rot bis über beide Ohren wurde.

So auffällig war sein Verhalten gegenüber Greta gewesen, dass selbst der Freund es bemerkt hatte? Was hatte sie wohl gesehen?

Für ein paar Augenblicke brachte er keinen Laut hervor.

„Wo muss ich hin, wenn ich es erlernen möchte?", fragte er schließlich.

Reinhold antwortete ihm: „Es ist ein sehr langer Weg. Du musst der Kaufmannsstraße bis weit in den Süden folgen, dort findest du die alte Stadt Uschburk[2]. Morgen brichst du in der Frühe auf und heute gebe ich dir noch einen Abschiedstrunk in der Schänke aus."

Siegbert wurde abermals rot im Gesicht, dann stand er auf und gab dem Freund dankbar die Hand.

Zusammen gingen sie zur Schänke hinüber.

---

[2] Uschburk ist der frühere Name des heutigen Augsburg

7. Kapitel
Ein langer Weg

Noch war er gar nicht so weit gegangen und dennoch zog es ihn bei jedem Schritt schon wieder zu Greta zurück. Die Stadt war kaum hinter seinem Rücken verschwunden, da wollte er bereits wieder umkehren, doch er richtete seinen Blick auf die großen Steine, aus denen der Weg bestand.

Es war eigentlich mehr ein Weg für Karren und Pferde, als für Fußgänger, so wie er einer war. Die Pfade der Pilger und Bauern waren nicht so gut ausgebaut, wie diese Straße hier und einige kleine Bäume standen an deren Rande.

Mit ein paar Münzen in der Geldkatze, die ihm Reinhold geschenkt hatte, hatte er sich am frühen Morgen auf den weiten Weg gemacht.

Greta hatte ihm ein Brot mitgegeben und vom alten Hans, den sie am Abend zuvor in der Schänke getroffen hatten, hatte er ein Empfehlungsschreiben erhalten. Dieses steckte zusammen mit dem Brot in seiner Tasche, doch er hatte es nicht lesen können, so wie alle anderen auch, aber mit dem roten Siegel sah es sehr wichtig aus und würde ihm sicher viele Tore öffnen, auch wenn niemand wusste, was darauf stand.

Auf seinen Wanderstock gestützt machte er sich so schnell er konnte auf den Weg, wobei er der steinernen Straße folgte, die sich vor ihm scheinbar endlos durch das Land zog.

Unverzagt ging er seinen Weg, doch mehr als das Dokument halfen ihm unterwegs die Münzen seines Freundes.

Er hatte auch ein paar Werkzeuge mit in seiner Tasche und konnte so auch für seine Übernachtung ein paar Arbeiten vornehmen.

Mitunter blieb er zwei oder drei Tage in einem Dorf, bis er weiter zog. Nicht in jedem gab es einen Schmied und so war er oft willkommen.

Als wandernder Handwerker unterstand er auch nicht dem jeweiligen Lehnsherren, wodurch er seine verdienten Münzen behalten durfte, aber meist hatten die Bauern keine und bezahlten ihm daher mit dem Essen, dass er für unterwegs brauchte.

Wohin es ihn letztendlich bringen würde, war ihm noch nicht klar.

Zwar hatte Reinhold ihm den Namen der Stadt im Süden genannt, aber die schien so unendlich weit entfernt zu sein! Nach der Beschreibung des Freundes würde er der Straße dann später nach Süden folgen müssen.

Weit vor ihm kreuzte sich diese und dort würde er dann auf die Route der Kaufleute nach Süden abschwenken, so wie es ihm Reinhold geraten hatte.

Auf diesen Straßen stand er als Reisender unter dem Schutz des Königs, denn es waren Kaufmannsstraßen, so wie man als Pilger auf den Pilgerrouten unter dem Schutz der Kirche und des Papstes stand.

Nicht nur Schmiedearbeiten machte er unterwegs, sondern er hackte mitunter auch Holz mit seiner Axt, die er eigentlich zur Verteidigung mit sich führte.

Immer wenn er seine Tasche mit Essen und seinen Trinkschlauch mit Wein gefüllt hatte, machte er sich erneut auf den Weg, bis er die Tasche wieder leer hatte.

So dauerte der Weg zwar länger, aber da er ja sowieso kein richtiges Ziel hatte, machte ihm das nichts aus.

∽ ∾

Als dann aber der Herbst in das Land kam, begriff er, dass er sich doch noch vor dem Beginn des Winters eine Anstellung besorgen musste.

Die nächste Stadt lag hinter einem großen Fluss, den er über eine breite Brücke überqueren musste. Diese Stadt war viel größer als jede andere, die er bisher gesehen hatte. Sie hatte eine Stadtmauer und keine hölzerne Palisade wie die anderen Orte zuvor.

Staunend stand er vor dem Tor, durch das sicherlich zwei Ochsenkarren gleichzeitig nebeneinander hindurch fahren konnten.

Auch hier standen einige Kämpfer gelangweilt an der Seite des Tores und kontrollierten hindurch fahrende Händler.

Und auch er wurde von einem der Männer angehalten.

„Wohin führt dich dein Weg?", fragte der ältere Mann mit weißen Haaren fast freundlich.

Die anderen Kämpfer standen eher teilnahmslos hinter ihm.

Von einem Reisenden zu Fuß war nicht viel zu erwarten und sie hätten ihn sicher auch so durchgelassen, doch der alte Mann hatte ihn nun mal gefragt.

Siegbert zog das Schriftstück hervor und hielt es ihm wortlos hin.

Bisher hatte keiner mehr als einen Blick darauf geworfen, doch der alte Mann schaute es sich lange an.

Schließlich prüfte er noch das Siegel und erklärte danach: „Du hast einen weiten Weg gehabt, aber unser Schmied hat schon einen Gehilfen. Nur der Stellmacher sucht noch jemanden."

Siegbert blieb der Mund offen stehen, denn der alte Mann konnte offensichtlich lesen. Auf seiner Reise hatte er bisher keine drei Männer getroffen, die das Dokument gelesen hatten.

Schließlich stimmte er zu, dem Stellmacher zur Hand zu gehen.

„Die dritte Straße links. Du kannst es nicht verfehlen. Es steht immer mindestens eine kaputte Karre davor", äußerte der alte Mann und zeigte ihm die Richtung mit der Hand, während er ihm das Dokument zurückgab.

Siegbert bedankte sich und machte sich auf den Weg.

Es lag ziemlich viel Unrat an den Straßenrändern und einige Ratten sahen ihn böse an, als er an ihnen vorbeiging. Hier war ihr Reich und er der Störenfried. Einige dieser Ratten waren groß wie Katzen, von denen er nur sehr wenige sah.

Vermutlich hatten alle Ratten die Katzen vertrieben.

Er sprang über einen Haufen Kuhmist, der mitten auf der Straße lag und bog in die besagte Gasse ein. Ein Wagenrad mit einem Pfeil daran zeigte die Straße hinunter und er sah schon ein Fuhrwerk dort stehen.

Ein älterer Mann wuchtete ein Rad nach draußen und versuchte es zu befestigen, doch es gelang ihm nicht sofort.

Schnell griff Siegbert zu und hob den Wagen an, wodurch der Mann das Rad auf die Achse stecken konnte.

Mit einem Keil machte er es anschließend fest und drehte kurz daran. Alles war wieder in Ordnung und Siegbert ließ den Wagen wieder herunter.

Der alte Mann gab ihm dankbar die Hand und sagte: „Ich bin Klaus, der Stellmacher."

„Du suchst einen Gehilfen?", erwiderte Siegbert.

Klaus nickte.

„Dann hast du von jetzt an einen!", entgegnete er und gab ihm die Hand.

Jeden Tag kamen die Karren der Händler, die in der Stadt Rast machten, und bei denen etwas zu reparieren war. Somit gab es für sie beide Arbeiten genug und es dauerte fast einen halben Monat, bis Siegbert die Werkstatt das erste Mal verlassen konnte, um die Stadt zu erkunden.

Er hatte auch ein paar Münzen für seine Arbeit erhalten, womit er in die Schänke gehen konnte.

Dort traf er wieder auf den alten Mann vom Tor und fragte ihn, ob er bei ihm das Lesen lernen konnte.

Einen Moment lang schaute der alte Mann ihn verwundert an, doch dann stimmte er zu.

Von diesem Tage an lernte Siegbert in jedem freien Augenblick bei ihm das lesen.

8. Kapitel

Ein neuer Freund

Den Herbst und den Winter hatte er dem Stellmacher geholfen, wobei im Winter die Arbeit etwas weniger gewesen war, da zu dieser Jahreszeit die Händler nicht unterwegs waren und nur die aus der Stadt ihre Fuhrwerke für das kommende Jahr überprüfen ließen, aber so hatte er eine Bleibe für die kalte Jahreszeit gehabt.

Mittlerweile konnte er auch ganz gut lesen, aber das Schreiben hatte er leider nicht gelernt, denn seine großen Hände waren für den Schmiedehammer geschaffen und nicht für den Schreibgriffel. Bereits zwei davon hatte er bei dem Versuch zerbrochen, seinen Namen in das Wachs der Notiztafel zu drücken.

Diese Stadt war so viel größer als die, aus der er gekommen war und sie war auch sehr viel älter. Hier gab es rings um sie herum schon Mauern aus Stein und auch die meisten Häuser waren aus Steinen errichtet.

In seiner Heimat war alles noch aus Holz. Nicht einmal die Kirche war aus Stein gebaut und hier war sogar die Werkstatt des Stellmachers aus Stein, mit Glas vor den Fenstern.

Besonders die Kirche mit den bunten großen Fenstern hatte ihn beeindruckt. Das hier war wirklich ein Haus Gottes. Die anderen Kirchen auf seinem Wege bisher glichen da eher einer Hütte, aber sicher würde seine Stadt irgendwann auch mal so aussehen, wie diese hier.

Nun, da der Frühling wieder in das Land kam, wollte er wieder aufbrechen, um weiter in den Süden zu gehen. Er hatte in den letzten Monaten mit vielen Kaufleuten geredet und somit schon eine Wegstrecke im Kopf, die er jetzt gehen wollte.

Weiter im Süden befand sich zwar ein großer Bergrücken mit steilen Hängen und schmalen Pässen, doch genau dorthin zog es ihn.

Vielleicht konnte er sich ja einer Pilgergruppe anschließen, die nach Ostern nach Rom aufbrechen wollte, denn viele Pilger waren momentan in den Mauern der Stadt und sicher würde er auch dort Freunde und Begleiter finden.

Nur das Osterfest wollte er noch in der Stadt verbringen, doch noch vor dem Ostersonntag wurden sein Pläne geändert.

In der Karwoche, nach der er eigentlich aufbrechen wollte, kam der Schmied der Stadt eines Tages auf ihn zu und erklärte ihm, dass sein Gehilfe einfach so verschwunden war. Von einem Tag auf den anderen und ohne ein Wort darüber zu sagen und auch die Stadtwache hatte über dessen Verbleib keine Antwort gehabt, obwohl das eigentlich nicht möglich gewesen war, da die Stadttore ja nachts immer verschlossen und auch am Tage bewacht waren.

Der Schmied, ein großer, kräftiger Mann, hatte erfahren, dass Siegbert eigentlich Schmied war und so fragte er ihn, ob er vorübergehend sein Gehilfe werden wollte.

Erfreut stimmte Siegbert zu und tauschte noch an diesem Tage die Werkstätten. Für ein paar Wochen konnte er dem Manne ja helfen, bis dessen Geselle eventuell wieder auftauchte und danach konnte er ja immer noch aufbrechen.

Der Schmied stellte sich mit dem Namen Wolfgang vor und gab ihm die riesengroße Hand zur Begrüßung.

In dessen Werkstatt war Siegbert alles nur zu vertraut und schnell machte er sich nützlich. Wenig später betätigte er den Blasebalg, mit dem das Schmiedefeuer auf Temperatur gebracht werden musste. Es war ein sehr viel größerer Ofen, als der von Reinhold.

Schwitzend von der Hitze kniete er vor dem Feuer und Wolfgang trieb ihn unbarmherzig an.

Am Abend dieses Tages konnte er ahnen, warum der andere Gehilfe verschwunden war, aber es sollte ja nur für ein paar Tage sein.

Es war ja auch nicht unbedingt das, was er machen wollte, denn schließlich wollte er selber schmieden und nicht im Dreck knien, aber das gehörte eben mit dazu.

Aufmerksam beobachtete er seinen neuen Meister bei dessen Arbeit. Wolfgang angelte mit der Zange ein glühendes Stück Eisen aus dem Feuer und begann es immer wieder zu schlagen, zu falten, zu erhitzen und wieder zu schlagen.

Noch war nicht zu erkennen, was es werden sollte, doch Siegbert erfasste jeden Handgriff aus dem Augenwinkel heraus.

Endlich konnte er eine Messerform erkennen und nach der Art, wie Wolfgang das Messer bearbeitete, konnte man die hohe Qualität seiner Arbeit erahnen.

Reinhold hätte in der Zeit sicher schon drei Messer geschmiedet, doch das hier war etwas anderes.

Schließlich fiel der Messerrohling mit einem Zischen in den Wassereimer und Wolfgang wischte sich mit dem Handrücken den Schweiß von der Stirn.

Jetzt durfte Siegbert mit seiner Arbeit aufhören und setzte sich an den Eimer. Vorsichtig angelte er das noch heiße Messer heraus und betrachtete die Klinge aufmerksam.

Es war ein sehr schönes Stück geworden. Kreuz und quer liefen Linien im gleichen Abstand über die Klinge und bildeten ein verwobenes Muster.

Wolfgang trat zu ihm, nahm ihm das Messer ab und ging damit vor die Schmiede, um die Klinge im Licht der Sonne zu prüfen.

Siegbert folgte ihm und beobachtete sein Tun aufmerksam.

Mehrmals hielt der Schmiedemeister das Messer hoch und strich mit den Fingern darüber. Ein zufriedenes Grunzen war alles, was er dazu sagen konnte, dann ging er zum Schleifstein und bearbeitete die Klinge weiter.

Immer deutlicher war das Muster zu erkennen und immer wieder ging er in das Licht des Tages hinaus und prüfte seine Arbeit.

Die ganze Zeit beachtete er Siegbert gar nicht, denn er war viel zu sehr in seine Arbeit vertieft.

Mit ein paar Schlägen befestigte er schließlich den Griff und strich noch einmal über das Messer.

Draußen wurde es schon dunkel und er hatte fast den ganzen Tag an diesem einen Stück gearbeitet.

Als er das Messer aus der Hand legte, sah Siegbert, dass es ein ganz besonders wertvolles Stück geworden war.

Mit diesem wundervollen Stück Eisen vor den Augen wusste Siegbert sofort: Wolfgang war ein Meister des Schmiedens und nur bei ihm konnte er all das lernen, was er brauchte.

Er würde nicht weiterziehen müssen, denn genau hier war seine Reise zu Ende. Hier sollte er sein Handwerk lernen, das hatte er augenblicklich erkannt.

Andächtig verbeugte er sich vor dem Mann und fragte: „Meister, kannst du mir das Schmieden so beibringen?", dabei zeigte er auf das Messer, auf dessen Klinge sich die letzten Strahlen der soeben untergehenden Sonne spiegelten.

Für einen Moment überlegte Wolfgang scheinbar, denn eigentlich hatte er ja nur einen Gehilfen gesucht, aber offenbar gefiel er ihm, denn nach ein paar Augenblicke des Schweigens erzählte er: „Erst muss ich sehen, was du kannst. Dann entscheide ich."

Siegbert nickte und akzeptierte dessen Meinung. Für die Lehre bei solch einem Meister würde er auch einen Monat lang umsonst die Schmiede fegen!

Wolfgang zeigte auf das Nachtlager des Gehilfen, auf dem es sich Siegbert so gut es ging, bequem machte.

Danach verabschiedete sich Wolfgang mit einem Nicken und Siegbert konnte dabei den Anflug eines Lächelns erkennen.

Vermutlich hatte er mit Wolfgang einen Freund gefunden.

Schnell fielen Siegbert die Augen zu und er schlief in der warmen Schmiede nahe beim Feuer ein.

9. Kapitel
Geheimes Wissen

Bereits am nächsten Morgen musste Siegbert zeigen, was er konnte. Ein Topf, den Wolfgangs Frau Bärtraut mitbrachte, hatte einen der Griffe verloren.

Siegbert positionierte alles so, wie er es bei Reinhold gelernt hatte.

Mit einem Fuß den Blasebalg bedienend, suchte er in der Glut die beste Stelle für den Griff. Da der Ofen aber auch sehr viel größer war, dauerte es ein paar Augenblicke länger, bis er an der Flammenfarbe den richtigen Platz gefunden hatte.

Wolfgang und Bärtraut standen unterdessen am Rand der Schmiede und schauten ihm einfach nur wortlos zu.

Bärtraut war etwa fünf Jahre älter als er und sie hatte die langen braunen Haare zu einem Zopf zusammengebunden, den sie über die Schulter nach vorn gezogen hatte. Ohne Kappe stand sie mit vor der Brust verschränkten Armen direkt vor ihm neben der Tür. Ihr helles Kleid mit der rotbraunen Borte passte im Kontrast gut zu den Haaren. Klein und zierlich war sie, ganz im Gegensatz zu ihrem Mann, der fast doppelt so breit und einen Kopf größer war, als sie.

Die beiden schauten ihm interessiert zu.

In der Zeit des Winters hatte er nichts verlernt und er hatte schon so viele Töpfe repariert, dass dies nicht wirklich etwas Anstrengendes für ihn war.

Jeder Griff, jeder Schlag saß präzise.

Wenig später tauchte er den reparierten Topf ins Wasser und reichte ihn danach der Frau.

Wie um seine Arbeit zu prüfen, hob sie den Topf an dem reparierten Griff hoch, doch selbstverständlich hielt er.

Freudestrahlend ging sie wieder zu ihrem Haus zurück und Wolfgang schlug ihm anerkennend auf die Schulter, doch für ihn war das nicht außergewöhnliches, denn er wollte noch etwas lernen und nicht das machen, was er schon konnte.

Ein Mann aus der Stadt betrat die Schmiede und durch seine kostbare Kleidung fiel er sofort auf. Die schwarze Jacke war auffällig bestickt und auch die Hosen und Schuhe zeigten einen hochgeborenen Mann an.

Wolfgang machte eine Verbeugung, der sich auch Siegbert anschloss.

„Ist das Messer fertig?", fragte der Mann.

Wolfgang bejahte es, dann holte er das Messer.

„Eine sehr schöne Arbeit hast du da geleistet", erzählte der Mann, holte eine Handvoll Münzen aus seiner Geldkatze und drückte sie Wolfgang in die Hand.

Die beiden Schmiede bedankten sich mit einer Verbeugung und der Mann verließ die Schmiede mit dem Messer, für das er jetzt sicherlich noch eine Scheide anfertigen ließ.

Wolfgang drückte Siegbert daraufhin zwei Münzen in die Hand.

„Für deine Hilfe", erklärte er noch.

Siegbert steckte die Münzen ein und fragte: „Wer war das?"

Wolfgang antwortete ihm: „Das war der Anführer der Wache, ein Verwandter des Königs."

Siegbert schaute dem Mann noch ein paar Augenblicke hinterher.

„Kannst du mir beibringen, solch ein Messer zu schmieden?", fragte er schließlich.

„Vielleicht sogar ein Schwert. Oder?", erwiderte der Meister.

Siegbert nickte erfreut.

Er hatte das nicht zu hoffen geglaubt, und doch hatte er offenbar bereits nach einem Tage das Vertrauen des Schmiedes errungen.

„Fangen wir an?", fragte Wolfgang ihn.

Siegbert nickte eifrig.

„Was du hier lernst, das behalte für dich oder gib es nur an deine Gesellen weiter, denen du vertrauen kannst", bemerkte Wolfgang noch leise.

Nachdem Siegbert ihm dies versprochen hatte, begann er auch schon zu erklären: „Zuerst das Feuer, dann das Eisen und dann zeige ich dir in einigen Wochen die Technik."

Jetzt stutzte Siegbert. In ein paar Wochen erst sollte er erfahren, wie es ging? Gab es denn noch so viel bei Eisen und Feuer zu lernen, was er noch nicht kannte?

Allerdings würde er wohl dem erfahrenen Schmied vertrauen müssen und schaute ihm daher aufmerksam zu.

Immer wieder wurden sie bei ihrer Unterweisung durch Männer und Frauen unterbrochen, die etwas in Auftrag gaben oder etwas reparieren lassen wollten.

Schon nach dem ersten Tag hatte Wolfgang zu ihm Vertrauen gefasst und brachte ihm alle Geheimnisse des Schmiedens bei.

Doch erst nach einer Woche hatte Siegbert verstanden, wie Wolfgang das Feuer betrachtete und es dauerte zwei weitere Wochen, bis das Feuer auch mit ihm sprach.

Daraufhin begannen sie über den Eisenklumpen zu sprechen.

Sie ließen ihre Finger über das kalte Roheisen gleiten und nach weiteren drei Wochen konnte auch er die Qualität durch das Anfassen bestimmen.

Es schien ihm so, als ob ihm das Eisen von sich aus erzählte, wie es bearbeitet werden wollte.

Wolfgang war nach seinen eigenen Worten von seinem Schüler mehr als überrascht, wie schnell Siegbert doch das alles lernte.

Und daraufhin schlief Siegbert auch nicht mehr in der Schmiede, sondern in einer Kammer in Wolfgangs Haus.

Zum Abendessen durfte er jetzt mit am Tisch bei Frau und Kindern seines Meisters sitzen.

Wolfgang und Bärtraut hatten drei Kinder, zwei Söhne und eine Tochter, von denen der Älteste allerdings noch keine sieben Jahre alt war.

An den Kindern sah Siegbert, wie jung sein Meister doch noch war. Er war sicherlich keine zehn Jahre älter, als er selbst. Die schwere Arbeit hatte ihn aber schneller altern lassen.

Eines Abends, nach dem Essen, stand der Meister auf und sagte laut: „Heute Nacht beginne ich ein neues Messer!"

Bärtraut nickte verstehend, brachte die Kinder ins Bett und trat kurz darauf mit einem Beutel in der Hand an den Tisch.

Dies alles verwunderte ihn sehr, denn bisher hatten sie nur am Tage geschmiedet und Bärtraut war dabei niemals in der Schmiede anwesend gewesen. Ging seine Unterweisung jetzt in eine neue Runde?

Zu dritt gingen sie zur Schmiede hinüber und der Vollmond beleuchtete ihren Weg.

Unterwegs sagte der Meister: „Was du heute siehst und hörst, das behalte für immer für dich."

Das machte es für ihn noch seltsamer und Siegbert betrat aufgeregt als letzter die Schmiede.

Mit den gewohnten Handgriffen fachten sie schnell den Schmiedeofen an und Wolfgang legte ein ausgesuchtes Stück Eisen in das auflodernde Feuer.

Als es glühte, holte er es mit der Zange heraus und schlug es in eine längliche Form.

Nach einer kurzen Pause, in der das Eisen im Ofen wieder erhitzt wurde, zog er es abermals heraus und legte es auf den Amboss.

Bärtraut trat zu ihm und hielt ein paar Kräuter in der Hand.

Zusammen mit ihr murmelte er ein paar Sätze, dann legte sie vorsichtig die Kräuter auf das glühende Eisen, die sofort anfingen zu brennen und einen kräftigen Duft verströmten.

Mit ein paar Schlägen arbeitete er die Kräuter in das Eisen ein und Siegbert schaute dabei gebannt zu.

Wolfgang faltete das Eisen so zusammen, dass die Kräuter daraufhin gänzlich im Inneren der zukünftigen Klinge verschlossen waren, anschließend legte er das Eisen beiseite und sagte feierlich: „Es ist vollbracht."

Zu dritt verließen sie danach die Schmiede wieder.

In dieser Nacht konnte Siegbert lange nicht einschlafen, denn er grübelte über das Gesehen nach.

Was war da gerade eben passiert?

War das alles Teufelswerk?

Wen konnte er dazu fragen, ohne das Vertrauen des Freundes zu missbrauchen?

Hatte der nicht gesagt, er solle alles für sich behalten?

10. Kapitel

In der Glut der Erde

Mit der Sonne des nächsten Morgens stand er von seinem Nachtlager auf und dachte noch immer an das Messer. Vielleicht konnte er mit Bärtraut darüber reden, was am Abend zuvor passiert war, aber damit musste er erst bis zum Abend warten.

Den ganzen Tag kamen wieder Leute und das Stück Eisen des Vorabends lag dabei unbeachtet an der Seite der Schmiede auf einem kleinen Ablagebrett.

Erst spät am Abend hatte er dann die Gelegenheit, seine Fragen zu stellen. Wolfgang war in die Schänke gegangen und die Kinder schliefen bereits im Bett, als er Bärtraut mit einer Handarbeit im Scheine eines rußenden Talglichtes am Küchentisch sitzen sah. Irgendein Kleidungsstück der Kinder musste wohl geflickt werden.

Er setzte sich dazu und überlegte noch, wie er sie wohl auf die Nacht in der Schmiede ansprechen konnte, doch sie hatte vermutlich verstanden, warum er mit ihr am Tisch saß.

Sie ließ ihre Handarbeit sinken und begann von sich aus ganz leise zu erzählen, damit es außer ihm niemand hören konnte: „Mein Mann beginnt solch eine Arbeit immer in einer Vollmondnacht. Die Kräuter und die Beschwörungen sind den alten Göttern geweiht, die das Eisen einst in der Glut der Erde für uns erschufen."

Offensichtlich sah sie das Erschrecken in seinem Gesicht über die heidnischen Bräuche, denn er war ja getaufter Christ und alle, die noch an die alten Götter glaubten, waren Heiden, daher legte sie ihm ihre Hand zur Beruhigung auf den Arm und setzte ihre Erzählung fort: „Das Eisen ist so alt, wie die Welt. Die alten Götter haben es uns gegeben und dafür muss man sich auch bedanken."

Er nickte ihr zwar zu, aber ihm war nicht ganz wohl bei dem Gedanken daran. Hatte nicht Gott die Welt, und damit auch das Eisen, erschaffen? Konnte man dann nicht ihm danken und nicht irgendwelchen alten Göttern?

Vorerst hielt er seine Befürchtungen allerdings für sich, denn er wollte sich auf das Schmieden konzentrieren und alles andere erst einmal aus seinem Gedächtnis verbannen.

Die Tür öffnete sich und Wolfgang betrat den Raum.

Siegbert stand auf und ging in sein Zimmer, denn über das von Bärtraut Gesagte musste er erst einmal nachdenken und abermals kam er lange nicht in den Schlaf.

War das alles richtig, was hier geschah?

Oder sollte er sich beim Priester einen Rat holen?

Der war ja an das Beichtgeheimnis gebunden. Oder würde dieser dann seinen Bischof informieren und dann konnte es für Bärtraut und Wolfgang gefährlich werden.

Und er würde vielleicht nie erfahren, wie Wolfgang diese Messer machte!

In dieser Nacht begann die Glut durch seinen Körper zu rasen.

Er bekam Fieber und der kalte Schweiß stand auf seiner Stirn. War das eine Strafe Gottes für sein Fehlverhalten? So aus heiterem Himmel einfach niedergestreckt.

Am nächsten Morgen kam er nicht mehr aus seinem Bett und Bärtraut hatte alle Mühe, um das Fieber wieder sinken zu lassen.

Mehr als eine Woche lag er fiebernd auf seinem Lager und er sah vor sich, wie Gott und der Teufel um seine Seele kämpften.

Wer würde gewinnen? Würde er es überhaupt überleben?

So plötzlich wie das Fieber gekommen war, so schnell war es dann auch wieder verschwunden!

Aber wer hatte den Kampf um seine Seele gewonnen?

Er ging zur Kirche und dankte dort für seine Genesung.

Danach drehte er sich um und sah den Priester.

Für einen Moment wollte er zu ihm eilen und ihm alles erzählen, doch etwas hielt ihn davon zurück.

Schließlich ging er zur Schmiede zurück.

Zusammen mit Wolfgang begann er das Stück Eisen zu bearbeiten.

Es dauerte den ganzen Tag, bis es endlich fertig war und zum Schluss schenkte der Freund es ihm.

Solch eine kostbare Waffe hatte er noch nie besessen.

Im Schein der untergehenden Sonne schien sich das Metallmuster im Inneren der Klinge zu bewegen. Wie ein sich schlängelnder Drachenschwanz sah es aus und Siegbert verwahrte das kostbare Messer an seinem Gürtel.

Am Abend kam die Frau auf ihn zu. Vermutlich hatte sie bemerkt, wie er überlegte, denn sie sagte leise zu ihm: „Ich, mein Mann und meine Kinder sind getauft. Ich glaube auch an Gott, aber ich vertraue auch den alten Göttern unserer Vorfahren, die wir schon hier verehrt haben, lange bevor wir zu Christus gebetet haben. Du musst einen Zugang zu beiden Seiten finden, wenn du Waffen schmieden willst."

Bei diesen Worten legte sie ihm wieder ihre Hand auf den Arm.

Siegbert zog das kostbare Messer hervor.

Es war eine Waffe, die die Männer Sax nannten. Sie war länger als sein Unterarm und sie verband die alten Götter mit dem neuen Gott.

Der Drache darin war sicher ein Geschöpf der alten Götter, aber er stand auch für den Mut und die Kraft dieses geheimnisvollen Tieres.

Siegbert nickte, denn er hatte die Frau verstanden: Wenn man Waffen schmieden wollte, so musste man sich alle möglichen Quellen der Kraft erschließen können.

Er dankte der Frau für die Erklärung und steckte das Messer wieder fort.

Schweigend ging er in seine Kammer, so konnte er den zweifelnden und ängstlichen Blick Bärtrauts nicht sehen, denn von ihm und seinem Schweigen hing das Leben ihrer Familie ab.

Konnte sie ihm vertrauen?

Wolfgang tat es ja auch. Schweigend setzte sie sich an den Tisch.

Sie dachte an die Vergangenheit zurück. Damals musste sie, ihr erstes Kind auf dem Arm, bei Nacht aus dem heimatlichen Dorf weit im Norden fliehen.

Grübelnd stützte sie den Kopf in die Hände und schaute auf das zuckende Talglicht auf dem Tisch. Tränen stiegen ihr in die Augen, als sie an ihre alte Freundin Sieglinde dachte, die damals von irgendjemanden an den Priester verraten worden war.

Alles hatte sie von ihr gelernt und dann musste sie so schnell aufbrechen, dass sie nicht wusste, was ihr wohl geschehen war. War sie noch am Leben?

Vermutlich nicht, denn die Stimmung im Dorf war einfach nur zu schlecht gewesen. Nach drei Missernten hintereinander hatten alle einen Schuldigen gesucht, und der war nun mal ihre Freundin geworden und sicher hätten sie auch Bärtraut angeklagt.

Es blieb ihr nichts anderes übrig, als der Menschenkenntnis ihres Mannes zu vertrauen. Schließlich wischte sie sich die Tränen ab, stand vom Tisch auf und schaute noch einmal auf das Licht, bevor sie es ausblies.

Leise ging sie in das Zimmer, um die Kinder nicht zu wecken und legte sich zu ihrem Mann ins Bett.

Irgendwo im Hause knarrte etwas, vielleicht eine Ratte unter den Dielen. Ihr fielen langsam die Augen zu und im Halbschlaf sah sie Sieglinde wieder vor sich.

Daraufhin spürte sie, wie sie lächelte und schlief beruhigt ein.

11. Kapitel
Besondere Steine

Ein paar Monate waren abermals vergangen, ein neues Jahr hatte begonnen und Siegbert wurde immer mehr in die Kunst des Schmiedens von Waffen eingeweiht. Er wusste schon viel über das Feuer und das Schmieden, doch über das Eisen für die Waffen, ihren eigentlichen Werkstoff, wusste er noch nicht viel mehr als das, was ihm Reinhold erzählt hatte.

Doch wo kam er her?

Bei seinem Lehrmeister hatten ihn immer die Händler gebracht, oder Reinhold hatte altes Eisen eingeschmolzen.

Wolfgang wollte ihm aber endlich an diesem Tage zeigen, wo er sein Eisen herbekam.

Die Tragekörbe, die sie dazu mitnehmen wollten, hatten sie am Abend in die Schmiede gestellt und waren zeitig schlafen gegangen, denn der Weg würde sicher weit werden.

Bis er auf Wolfgang getroffen war, hatte er sich nur wenige Gedanken darum gemacht, wo das Eisen eigentlich herkam, aber von irgendwo kam es bestimmt.

Fast schämte er sich dafür, dass er sich bisher kaum Gedanken darüber gemacht hatte, denn wenn er ein richtiger Schmied werden wollte, so musste er auch das wissen.

Oder sollte er es wie Reinhold machen und einfach alles so nehmen, wie es war? Doch dafür war er aber nicht den weiten Weg bis hier in den Süden gegangen!

Endlich schlief er ein und freute sich schon auf den nächsten Tag.

Zusammen mit Wolfgang war er am frühen Morgen aufgebrochen, um das Eisen zu finden. Sie beide trugen die großen Körbe auf dem Rücken und gingen zügig in Richtung Süden davon.

Schon von weitem sahen sie den Bergrücken, in dem Wolfgang suchen wollte. Die dunklen und hohen Bäume bewegten sich dort oben im Wind hin und her, das konnte Siegbert aus der Ferne erkennen, aber hier unten auf der Straße war nur wenig Wind zu spüren.

Die Höhe dieses Bergkammes schien gewaltig zu sein und in Gedanken fragte er sich, ob sie wirklich bis da oben hinauf steigen sollten.

An einer Seite war eine Felswand zu sehen, die fast senkrecht nach oben aufstieg und genau auf diese Wand hin lenkte Wolfgang seine Schritte.

Mit jedem Augenblick, den sie sich dem Felsen näherten, wurde der aufragende Berg gewaltiger und fast verließ Siegbert bei diesem Anblick schon der Mut, aber er wollte seinen Freund und Meister nicht enttäuschen.

Wenig später standen sie vor einer zerklüfteten Wand, die aus der Nähe wie ein zackiger Drachenrücken aussah.

Sie bewegten sich am Fuße der mächtigen Wand entlang, bis sie eine Höhle vor sich sahen. Dort suchten sie sich zwei Holzstücke, fertigten sich Fackeln daraus und Wolfgang machte mit zwei Feuersteinen und etwas Holzwolle, die er in der Tasche hatte, Feuer, mit dem er die Fackeln entzündete.

Vorsichtig gingen sie in die Höhle hinein und folgten einem langen, schmalen Gang.

Siegbert konnte im Schein der Fackeln immer nur ein paar Schritte sehen. Ab und zu lagen Steine im Weg, die von der Decke des Ganges heruntergefallen waren.

Ängstlich schaute er nach oben, aber Wolfgang ging unbeirrt einfach weiter.

Entweder kannte er den Weg schon oder er tat zumindest so, aber einige Steine schienen noch nicht sehr lange hier zu liegen!

Siegbert betete stumm dafür, dass alle während ihrer Suche an ihrem Platz blieben und ihm keiner davon auf den Kopf fiel.

Dann öffnete sich vor ihnen eine größere Höhle, in die auch etwas Licht durch ein paar Spalten an der Höhlendecke fiel.

Diese Höhle war etwa dreißig Schritte lang, zwanzig breit und in etwa vier Männer hoch.

„Die Männer haben hier früher nach Silber und Zinn gesucht, aber da sie nicht viel davon gefunden haben, haben sie die Höhle und den Stollen aufgegeben. Für uns haben sie etwas viel Wertvolleres gefunden", erklärte Wolfgang und zeigte auf den Boden, der mit kleinen Steinen bedeckt war.

Der Mann begann sich vor ihm zu bücken und hob einen dieser Steine auf.

„Eisen!", sagte er und warf ihn, nachdem Siegbert ihn sich angesehen hatte, in seinen Korb.

Einen Stein nach dem anderen hob er auf, einige ließ er wieder fallen, andere legte er in seinen Korb.

Siegbert versuchte es ihm nachzumachen und hob den ersten Stein auf. Er wischte mit den Fingern darüber und konnte das Eisen darin spüren, dann warf er den Stein mit dem Roheisen darin hinter sich in den Tragkorb.

Eine ganze Weile hatten sie gesucht, bis die Körbe zu schwer wurden und sie die Höhle wieder auf demselben Weg verließen.

Sie nahmen die Fackeln wieder auf, die sie am Höhleneingang abgestellt hatten und gingen gebückt unter der Last wieder nach draußen.

Der Weg hinaus schien nur halb so weit zu sein, wie der zuvor hinein, und das trotz der Last, die sich an den Riemen in ihre Schultern grub.

Vermutlich hatte seine Angst ihn die Entfernung zuvor so groß erscheinen lassen.

Leise zählte er seine Schritte und kam gerade mal auf dreißig, bevor er wieder draußen im Licht der Sonne stand. Das war gerade mal die Entfernung, die sie in der Stadt zwischen Schmiede und Wohnhaus hatten. Das Dunkel hatte ihn wohl noch zusätzlich getäuscht.

Endlich hatten sie die Wiese vor der Höhle erreicht und Wolfgang setzte seinen Korb ab. Er kippte seine Beute aus und besah sie sich noch einmal bei Tageslicht.

Mit einem Hammer, den er unten im Korb gehabt hatte, begann er das taube Gestein vom Metall zu trennen. Während er so arbeitete, erzählte er, wie er einst seinen Lehrmeister Wolfram in solch einer Höhle getroffen hatte.

Als er mit seiner Arbeit fertig war, war sein Korb nur noch halbvoll und er gab Siegbert den Hammer, der es ihm nachmachte.

Während er sich abmühte, Stein und Eisen zu trennen, holte Wolfgang ein kleines Brot aus seiner Tasche und legte es auf ein Tuch, dann schüttelte er den Trinkschlauch, doch dieser war leer.

Unweit hörte er einen Bach plätschern und machte sich auf den Weg um ihn dort zu füllen.

Als er mit dem Wasser zurück war, setzte er sich neben Siegbert, der gerade mit seiner Arbeit fertig geworden war.

Anschließend ließen es sich die beiden Männer nach der Anstrengung mit Brot und Wasser schmecken.

Bei ihrem Mahl sahen sie ein Gebüsch vor sich, das ihrer beider Aufmerksamkeit auf sie zog. Warum wussten sie wohl beide nicht, doch Wolfgang hatte nach seinen Worten so eine Ahnung und die wollte er jetzt bestätigt wissen!

An diesem Gestrüpp sahen sie eine seltsame Vertiefung in der Erde.

Sie ließen die Körbe stehen, gingen die paar Schritte bis dorthin und als sie das Buschwerk beiseite zogen, standen sie vor einer trichterförmigen Vertiefung, die einige Schritte im Durchmesser war.

Schnell war Wolfgang hinuntergestiegen und begann in dieser Grube zu suchen.

Wenig später hielt er einen großen Brocken hoch und rief: „Das Eisen der Götter!"

Schnell kletterte Siegbert zu ihm und jetzt suchten sie zu zweit.

Schon bald hatten sie ein Dutzend faustgroßer Brocken gefunden, die Wolfgang sorgsam in sein Tuch einwickelte und dann behutsam in seinen Korb legte.

Schwer bepackt machten sie sich danach wieder auf den Heimweg, denn das Eisen musste noch für die Schmiede vorbereitet werden.

12. Kapitel
Ein Auftrag des Königs

Bärtraut hatte in der Zeit ihrer Abwesenheit mit den Kindern zusammen hinter der Schmiede aus Steinen und Lehm einen Ofen aufgebaut, der wie ein mannshoher Krug aussah und als die beiden Männer mit ihrer metallenen Last wieder eintrafen, hatte die Sonne schon längst ihren höchsten Punkt überschritten.

Sie schütteten ihre Tragekörbe auf dem Platz aus und stapelten die erzhaltigen Steine auf einen Haufen.

Die Frau warf brennendes Holz in die obere Öffnung des gemauerten Kruges und begann den Blasebalg zu betätigen.

Schon bald stieg weißer Rauch auf und Siegbert begann Holzkohle, die sie ein paar Tage zuvor bei einem Köhler geholt hatten, in den Krug zu werfen.

Währenddessen zertrümmerte Wolfgang mit seinem Schmiedehammer die erzhaltigen Steine noch weiter.

Danach wurden abwechselnd Steine und Holzkohle in den Ofen geworfen, Bärtraut und Siegbert betätigten den Blasebalg und Wolfgang begann einen kleineren Ofen neben den anderen zu bauen.

Schnell war der zweite Ofen fertig und begann zu qualmen. In diesen warf Wolfgang jetzt die Trümmer der besonderen Steine, die er aus dem Tuch gewickelt hatte.

Jetzt mussten sie auch den Blasebalg des zweiten Ofens betätigen.

Wolfgang bestückte die beiden Öfen während Siegbert den Blasebalg des Großen und Bärtraut den des Kleinen betätigte.

Die Kinder halfen mit, indem sie ihrem Vater die Kohlestücken reichten.

Es war heiß auf dem Hof, man konnte seine Hand nicht in die Nähe der Öfen halten und Wolfgang musste aufpassen, dass die Kinder nicht zu nahe an die Wärmequellen kamen.

Nachdem alle Steine und Kohlestücke ihren Weg in die Öffnungen gefunden hatten, konnte immer einer ein paar Schritte zurücktreten, um sich kurz von der schweren Arbeit zu erholen.

Doch immer schneller wurden die Bewegungen der drei Menschen und daher immer kürzer die Pausen.

Erst als die Dämmerung einsetzte und die Dunkelheit hereinbrach, hörten sie mit der Arbeit auf.

Schwer schnaufend standen sie zu dritt vor ihrer Hüttentür.

Mit zitternden Knien ließ sich Siegbert am Tisch auf die Bank nieder, aber er konnte erst einmal nichts essen.

Nur trinken wollte er.

Erst nach dem dritten Krug Bier war er in der Lage, den Brei zu essen, den ihm Bärtraut hinstellte und gar köstlich war der Gerstenbrei an diesem Abend.

Schließlich schlich Siegbert in seine Kammer und so konnte er nicht sehen, wie Bärtraut sich als letzte an den Tisch setzte. Völlig erschöpft hatte sie bis zuletzt die Männer bedient und dann schlief sie erschöpft am Tisch ein.

Am nächsten Morgen waren die beiden Öfen ausgekühlt und Wolfgang zerschlug mit seinem Hammer die harte Lehmkruste. Aus jedem der Öfen holte er einen Klumpen Eisen, der noch mit Kohlestücken und Asche durchsetzt war.

Er legte die beiden Klumpen vor seine Schmiede und räumte dann die Trümmer im Hof zur Seite, den Rest des Tages ruhten sie sich aus und ließen dem Eisen Zeit zum Auskühlen.

Der kleinere Brocken war für den Meister besonders wertvoll und er legte ihn danach an einen gesonderten Platz in seiner Schmiede.

Siegbert hob den schweren Klumpen an und fragte seinen Meister: „Warum kaufst du nicht dein fertiges Eisen, so wie Reinhold, mein alter Meister?"

„Ich weiß gern, was für Material ich verarbeite. Darum mache ich fast alles selbst. Besonders wenn es ein Schwert werden soll", erklärte der erfahrene Schmiedemeister.

Bei dem Wort »Schwert« schaute Siegbert auf und Wolfgang nickte ihm zu.

Fast zum selben Zeitpunkt betrat ein kostbar gekleideter Mann die Schmiede, Wolfgang verbeugte sich vor dem Mann und Siegbert hörte, wie der Mann sagte: „Unser König braucht ein Schwert. Mache ein besonderes Schwert und es wird dein Schaden nicht sein."

Danach drehte sich der Mann um und verließ die Schmiede.

Wolfgang erhob sich und kratzte sich am Kopf, dann ging er zu der hinteren Stelle der Schmiede, wo er den kleineren Eisenklumpen aufbewahrt hatte.

„Es gibt keine Zufälle!", murmelte er und strich mit seinen großen Händen fast liebevoll über den Metallklumpen.

Zu Siegbert, der neben ihn getreten war, sagte er: „Daraus werden die Schneiden des Schwertes. Und daraus", dabei zeigte er auf den größeren Klumpen, „Machen wird den Rest der Klinge"; danach legte er den Klumpen vorsichtig zurück, als könnte er zerbrechen, wenn man ihn fallen ließ.

Siegbert nickte und fragte: „Wann fangen wir an?"

Wolfgang drehte sich zur Tür und sah zu seiner Frau, die ihm antwortete: „Morgen Abend ist Vollmond."

Der Meister nickte und verließ wortlos die Schmiede.

Gemeinsam gingen die beiden Männer zurück in den Wald, wo sich Wolfgang in den Schatten einer gewaltigen Eiche setzte und für den Rest des Tages kein Wort mehr sagte, erst als die Dämmerung hereinbrach, drehte er sich zu Siegbert um und erklärte ihm: „Morgen Abend werden wir in der Höhle anfangen, in der wir das Metall gefunden haben."

Da die Stadttore aber bereits geschlossen waren, schliefen sie einfach im Wald bei der Eiche.

Als ihnen die Morgensonne ins Gesicht schien, wuschen sie sich zuerst in einem Bach und gingen dann zur Schmiede zurück.

Bärtraut hatte bereits alles für den Aufbruch vorbereitet und ihre Kinder zu einer Bekannten gebracht. Mit gepackten Bündeln wartete sie am Eingang der Schmiede auf die beiden Männer.

Zu dritt machten sie sich schwer bepackt auf den Weg zurück in den Wald, wo sie schon wenig später bei der Höhle ankamen.

Den Rest des Tages bauten sie einen Schmiedeofen aus Stein und Lehm, den die Frau mit einem Blasebalg und viel Holzkohle auf die nötige Temperatur brachte.

Wolfgang und Siegbert saßen derweil vor der Höhle und warteten auf den Mond, der sich dann später in der Dämmerung über den Baumkronen zeigte.

Mit den Worten: „Es ist so weit!", betrat Wolfgang, von Siegbert gefolgt, die Höhle.

Er legte das größere Stück in das Feuer und von da an betätigte Siegbert den Blasebalg, während Bärtraut alte Gesänge anstimmte und den Schmiedeherd tanzend umkreiste.

Immer wieder warfen die zuckenden Flammen ihr Schattenbild an die Höhlenwand und am liebsten hätte sich Siegbert bekreuzigt, doch er ließ es und hörte fasziniert den Gesängen zu.

Irgendetwas bewirkten sie in seinem Inneren und er prägte sich jedes Wort der Frau ein.

Während Bärtraut mit erhobenen Armen vor dem Amboss stand und Siegbert den Blasebalg betätigte, schlug Wolfgang mit dem Hammer das erste Stück glühendes Eisen platt.

Unter dröhnenden Hammerschlägen sprangen Kohle- und Schlackereste aus dem Eisen heraus.

Bevor er das Eisen das erste Mal faltete, legte Bärtraut ein paar Kräuter auf das glühende Eisen, so wie sie es schon beim Messer getan hatte.

Der Rauch legte sich um den Amboss und die beiden murmelten kaum zu verstehende Beschwörungsformeln, die sich Siegbert aber dennoch gut einprägte.

Immer wieder schlug Wolfgang zu, Bärtraut hatte sich an den Eingang der Höhle gesetzt und Siegbert kniete hinter dem Schmied am anderen Ende der Höhle, als plötzlich ein Dutzend Männer in die Höhle stürzten und Wolfgang, von vier oder fünf Pfeilen tödlich getroffen, nach hinten umstürzte.

Im Aufstehen erkannte Siegbert, dass es ungarische Räuber waren, die sie hier überfallen hatten.

Schnell hastete er den dunklen Gang im hinteren Teil der Höhle entlang, verfolgt von ein paar Pfeilen und Bärtrauts gellenden Schreien.

Hinter sich hörte er Schritte und so lief er noch schneller in der Finsternis.

Schließlich stolperte er über einen Stein, schlug mit dem Kopf gegen den Felsen und alles verstummte um ihn herum.

13. Kapitel
Auf der Flucht

E s war Stille um ihn herum, als er wieder zu sich kam. Der Kopf tat ihm weh und als er sich mit der Hand an die Stirn fasste, spürte er eine Beule und der Schmerz durchzuckte Siegbert.

Mühsam setzte er sich auf und horchte weiter in die Dunkelheit.

Irgendwo tropfte Wasser herab, das konnte er hören, sonst nichts.

Vorsichtig erhob er sich, stand einen Moment schwankend im Gang, bevor er in der Finsternis zurück zur Höhlenkammer wankte.

An deren Eingang schaute er sich um, doch nichts bewegte sich.

Immer noch vorsichtig betrat er die Höhlenkammer.

Das Schmiedefeuer war erloschen und nur ein paar Sonnenstrahlen, die durch Öffnungen in der Höhlendecke nach unten fielen, beleuchteten ein Bild des Grauens.

Sein Freund Wolfgang lag direkt vor seinen Füßen am Boden, die Pfeile waren herausgezogen und der tote Mann schaute mit offenen Augen nach oben.

Er kniete sich neben ihn, schloss ihm die Augen und sprach ein Gebet, danach richtete er sich auf und blickte sich um.

Nur ein paar Schritte von ihm entfernt lag eine weiße Gestalt mit ausgestreckten Gliedmaßen und es dauerte einen Augenblick, bis er realisierte, dass es Bärtrauts Leiche war, die dort nackt und geschändet in der Mitte der Höhle auf dem Rücken lag.

Er hob ihr Kleid auf, das die Angreifer zerrissen und liegen gelassen hatten, und bedeckte damit ihren Leib, dann sprach er auch für sie ein Totengebet.

Noch einmal blickte er sich um. Der Amboss, das Werkzeug und auch die Kette von Bärtrauts Hals waren verschwunden. Sogar den Blasebalg und natürlich auch die Geldkatze von Wolfgangs Gürtel hatten die Räuber mitgenommen.

Nur der noch heiße Eisenbrocken auf dem soeben langsam erkaltenden Ofen war noch da.

In einer Höhlenecke fand er Bärtrauts aufgerissene Kräutertasche. Die Kräuter lagen dort verstreut daneben und ein Lichtstrahl zeigte fast darauf, sonst hätte er sie wohl kaum bemerkt. Er sah sich nach dem kleineren Eisenbrocken um und fand ihn ausgewickelt in der anderen Höhlenecke.

Offensichtlich war er für die Räuber nicht wertvoll genug gewesen und sie hatten ihn achtlos zur Seite geworfen.

Siegbert packte ihn in einen der zurückgelassenen Tragekörbe und wartete, bis der große Klumpen abgekühlt war, den er mit Mühe vom Ofen gerollt hatte.

Er saß genau in der Mitte zwischen den beiden Leichen und überlegte, was er in der Stadt sagen sollte. Würden sie ihm diese Geschichte glauben? So ohne Beweise würden sie doch sicher ihn für den Schuldigen halten. Noch dazu, wo er einige der Münzen, die Wolfgang erhalten hatte, in seinem Beutel mit sich führte.

Dieser Beutel und das kostbare Messer an seiner Seite würden sicher als Beweis gegen ihn gelten.

Den immer noch schmerzenden Kopf in die Hände gestützt, wanderte sein Blick immer zwischen Bärtraut und Wolfgang hin und her.

„Waren die Räuber eventuell noch in der Nähe?", durchzuckte es ihn plötzlich, als er ein Geräusch im Gang vernahm.

Mit dem Korb und den beiden Eisenbrocken verzog er sich eiligst in das hintere Dunkel, aber nichts geschah.

„War es eine Strafe Gottes?", fragte er sich im Gedanken.

Hatte er die beiden bestraft, weil sie sich gegen ihn versündigt hatten?

Aber war er nicht eigentlich ein gütiger Gott?

Siegbert saß noch immer in der Finsternis und betete vertieft in seine Gedanken vor sich hin.

Wenn jetzt wirklich jemand in der Höhle gewesen wäre, hätte er ihn wohl einfach nicht hören können, denn er war so in sich selbst versunken.

Plötzlich durchzuckte ihn ein Gedanke: „Das königliche Schwert muss fertig werden!"

Es war ein göttlicher Auftrag, dessen war er sich sicher und er strich mit der Hand über den noch immer warmen Brocken Eisen, der vor ihm im Korb lag.

Wie lange mochte er in der Höhle gelegen haben?

Wie lange brauchte solch ein Brocken zum Auskühlen?

Sicher war die Hälfte des Tages bereits vorüber.

Endlich riss er sich aus den Gedanken heraus und horchte abermals intensiv in den Gang hinein.

Eine ganze Weile saß er lauschend im Dämmerlicht des Felsdurchbruchs, den Korb vor den Füßen abgestellt.

Nur das ihm schon bekannte Tropfen des Wassers war zu hören, sonst nichts.

Schließlich beschloss er, zu flüchten.

Eilig lud er sich den Tragekorb auf die Schultern und verschwand, so schnell es ihm die schwere Last ermöglichte in Richtung Norden.

Instinktiv, ohne darüber nachzudenken, hatte er diesen Weg gewählt.

Stunden später lehnte er an einem Baum und dachte über das Ziel seines neuerlichen Weges nach. Warum er diese Richtung gewählt hatte, wurde ihm aber schnell klar: Reinhold konnte ihm sicher helfen. Und auch Greta würde er dort wieder sehen, zumindest hoffte er dies.

Mit dem schweren Korb auf dem Rücken folgte er weiter einem Waldweg, bis er am Waldrand stehend die Straße vor sich sah.

Sollte er dieser Händlerroute folgen?

Dort war er zwar wieder, wie auf dem Hinweg, unter dem Schutz des Königs, aber dort würden sie ihn vielleicht zuerst suchen.

Und vor dem Bischof würde ihm niemand mehr helfen können.

Durch seine Flucht war es jetzt vollkommen unmöglich geworden, auf seine Unschuld zu verweisen. Niemand würde ihm dies jetzt noch glauben.

Er überquerte die Straße und ging auf der anderen Seite wieder in den Wald hinein.

Erneut umschloss ihn die Dunkelheit, nur diesmal die des finsteren Waldes.

Die Reiter würden sicher entlang der Wege ziehen und er ging durch das Unterholz. So kam er zwar langsam, aber dafür sicherer, vorwärts.

Er hatte nicht viel bei sich, nur das, was er im Moment des Überfalles gerade in der Hand gehabt hatte.

Das Messer tat ihm aber hier im Wald gute Dienste.

Immer wenn er es in die Hand nahm musste er an Wolfgang und Bärtraut denken. Was würde wohl mit ihren Kindern geschehen? Sicher würde sich Bärtrauts Freundin um sie kümmern, doch würden sie jemals erfahren, was mit ihrer Mutter geschehen war?

Würde jemand die Beiden finden? Keiner wusste ja eigentlich, außer ihm, in welcher Höhle sie gewesen waren.

Abseits der großen Straßen schlug er sich auf Feld- und Waldwegen immer weiter nach Norden durch.

Mühsam war der Weg und oft stolperte er über Wurzeln.

Obwohl er Geld hatte, blieb er aber lieber auch nachts im Wald.

Zum Glück war es ein warmer Sommer, wodurch er nachts kein Feuer machen musste.

❧ ❦

Mehr als einen Monat nach seinem Aufbruch in den Bergen hatte er dann endlich die heimatliche Stadt wieder vor sich.

Völlig abgerissen und mit blutig geriebenen Schultern taumelte er durch das Stadttor und war schon wenig später an Reinholds Schmiede.

Siegbert wankte in den Raum hinein und ohne den Korb von den Schultern zu nehmen, brach er mitten in der Werkstatt des Freundes zusammen.

14. Kapitel

Greta

Die Dunkelheit hatte ihn immer noch in ihrem Griff, er sah nur Bärtrauts weiße Gestalt vor sich liegen, ausgestreckt und bleich. Schließlich erhob sie sich, trat vor ihn hin, berührte ihn am Kopf und Siegbert schlug die Augen auf.

Langsam kam er wieder zu sich und erkannte Greta über sich, die ihm mit einem feuchten Tuch über die Stirn wischte.

Er lag auf seiner Liegestatt in der Schmiede, drehte den Kopf und sah den Korb neben sich liegen.

Mühsam versuchte er sich aufzurichten, wurde aber sofort von Greta mit festem Griff wieder zurück auf sein Lager gedrückt.

„Ich bin so froh, dass du wieder da bist. Du musst dich aber noch etwas schonen. Du warst fast zwei Jahre fort. Was hast du in der fernen Fremde alles erlebt?", fragte sie ihn und setzte sich vorsichtig auf die Kante des Bettgestells.

Langsam begann er zu erzählen, alles, was er in der Zeit erlebt hatte, bis auf den schlimmen Tag in der Höhle.

„Und was ist dir so passiert?", fragte er sie zum Schluss seines Berichtes, während sie den Lappen neu anfeuchtete.

Er nutzte diesen Moment, um sich richtig aufzusetzen und dann neben ihr zu sitzen.

Ein paar Augenblicke überlegte sie, bevor sie begann: „Nicht viel. Mein Vater versucht mich schon eine ganze Weile zu verheiraten und wenn du nicht zurückgekommen wärst, so wäre ich vielleicht die Frau vom Böttcher oder Töpfer geworden. Das hätte meinem Vater gut gefallen. Dann hätte er Töpfe oder Fässer billiger bekommen können."

Irgendwie zuckte sie bei dem Gedanken an die beiden Männer unmerklich zusammen und er legte ihr seine Hand beruhigend auf die ihre.

Greta zuckte bei dieser sachten Berührung noch einmal zusammen, diesmal aber anders, das konnte er an ihrem Lächeln sehen.

Sein Blick fiel auf das Metall im Korb und er erinnerte sich wieder an den Auftrag des Königs, weswegen er ja auf die Flucht nach Norden gegangen war.

Sollte er es versuchen?

Noch nie hatte er ein Schwert geschmiedet.

Wolfgang hatte es dem König versprochen, doch Wolfgang war tot. Getötet von ungarischen Räubern.

Sollte er selbst den Auftrag des Freunds erfüllen?

Und konnte er das überhaupt.

Irgendwie war er ihm das schuldig und was konnte schon passieren?

Wenn das Schwert gelang, so war es gut, und wenn es misslang, so konnte er es immer noch als Versuch rechnen und brauchte es ja dann dem König nicht zu übergeben.

Er erzählte Greta leise vom Auftrag des Königs, denn er würde sie dazu brauchen.

Schließlich bat er sie, ihn zu begleiten, aber was ihre Rolle dabei sein würde, das würde er ihr erst später erklären. Dabei dachte er an seine eigene Angst und sagte ihr daher nur: „Ich kann es nur mit deiner Hilfe schmieden, denn das Männliche und das Weibliche muss anwesend sein."

Das war zwar nicht ganz korrekt von ihm ausgedrückt, aber vom Schwertschmieden hatte sie ja keine Ahnung.

Greta nickte und Siegbert fragte: „Wann ist Vollmond?"

„In vier Tagen", gab sie ihm beim Aufstehen zurück.

Er griff wieder zu ihrer Hand.

„Du musst noch nicht gehen", bat er sie, doch schon hörte er Gretas Mutter von draußen nach der Tochter rufen.

„Morgen früh bin ich wieder da", erklärte sie und eilte aus der Schmiede.

Er sah ihr noch ein paar Augenblicke nach, dann erhob er sich und trat zu Reinhold vor die Schmiede, wo dieser gerade etwas reparierte.

Jetzt musste er nur noch das nötige Werkzeug und den richtigen Platz finden. Das war nicht leicht in gerade mal drei Tagen!

Er nickte dem Freund zu und entgegen Gretas Rat, sich noch zu schonen, ging er zum Stadttor hinüber, denn er hatte einen Platz im Kopf und wollte jetzt unbedingt prüfen, ob dieser wohl geeignet für das Schmieden dieses Schwertes war.

Wenn nicht, so würde es mit dem Schwert schwierig werden, denn noch einen Mond wollte er nicht warten und so ging er auf die Felsen zu, die man am Fluss sehen konnte.

Einmal hatte er vor Jahren dort beim Holz sammeln eine Höhle gesehen und diese wollte er jetzt wieder finden.

Er versuchte sich an den Weg von damals zu erinnern, aber es hatte sich einiges am Felsen und Gehölz seit damals geändert, denn offenbar war ein großer Felsblock herabgestürzt und hatte eine Schneise in den Wald gerissen.

Und wieder war er im Wald.

Wie lange hatte er eigentlich nach seiner Ankunft in der Schmiede gelegen? Das hatte er sie gar nicht gefragt, als er aufgestanden war.

Neuerdings dachte er an Greta, denn irgendwie ging sie ihm nicht mehr aus dem Kopf.

Während er an sie dachte, konzentrierte er sich aber nicht auf den Weg und fiel dementsprechend träumend und lächelnd über eine Wurzel.

Der Aufprall auf dem Boden sorgte dafür, dass er mit seinen Gedanken wieder zurück in den Wald und zu seiner Aufgabe kam.

Wie konnte er eine Höhle finden, wenn er doch immer nur Gretas Bild vor seinen Augen hatte? Da hätte er sich auch in den Wald setzen und warten können, dass die Höhle an ihm vorbeilief.

Ewige Zeiten später suchte er den Pfad noch immer, als ein Vogel neben ihm aus dem Berg zu kommen schien.

Schnell ging er dorthin und zog ein paar kleine Bäume auseinander. Dahinter wurde der Eingang in den Berg sichtbar, er schlüpfte hinein und stand unmittelbar darauf in einer großen Höhle.

Dieser Platz schien ihm geeignet, aber es gab nur diesen einen Eingang und ein Loch an der Höhlendecke. Kein Fluchtweg, falls jemand den Hammerschlägen folgen würde, wie in der anderen Höhle, in der Wolfgang und Bärtraut getötet worden waren, und durch den er entkommen konnte.

Und hier am Fluss war es noch durch den kurzen Eingang nicht so schwer, die Höhle zu finden. Er dachte kurz daran, wie lange er selbst gesucht hatte, aber das Geräusch des Schmiedens würde jeden als guter Wegweiser dienen können. .

Schnell suchte er rings um die Höhle noch ein paar der herunter gefallenen Felsbrocken zusammen und trug sie hinein, dort stapelte er schnell viele Steine aufeinander, aus denen er den Schmiedeofen bauen wollte.

Danach machte sich wieder auf den Rückweg.

Gerade noch rechtzeitig vor dem Einbruch der Dämmerung erreichte er das Stadttor, das hinter ihm geschlossen wurde.

Vor der Schmiede bog er in Richtung Schänke ab und setzte sich an einen der Tische.

Die große Münze, mit der er bezahlte, sicherte ihm die Aufmerksamkeit des Wirtes und versöhnte diesen wohl etwas mehr mit seinem Schicksal und der Zukunft mit einem Schmied als Schwiegersohn.

Greta bediente ihn den ganzen Abend an seinem Tisch und sie war viel öfter bei ihm, als sie es gemusst hätte.

15. Kapitel
Gefährliche Beschwörungen

In den letzten Tagen hatte er mit Reinhold zusammen alles in die Höhle getragen, was er dort brauchen würde. Auch der Ofen war fertig aufgebaut und damit musste es nur noch Vollmond werden.

Am Morgen des Tags brach er mit Greta, Hand in Hand, in den Wald auf und dort setzten sie sich zusammen vor die Höhle an den Fluss.

Jetzt erst traute er sich, ihr zu erklären, was ihr Teil der Arbeit beim Schmieden sein würde.

Erschrocken griff sie zu dem hölzernen Kreuz, das sie an einem Band um den Hals trug.

„Was verlangst du da von mir?", fragte sie ihn und mit weit aufgerissenen Augen schaute sie ihn an.

Am liebsten wäre sie jetzt sofort wieder zur Stadt zurückgelaufen, doch alleine traute sie sich nicht dorthin und irgendwie hatte sie zu ihm vertrauen, also hörte sie weiter aufmerksam zu.

Nein sagen konnte sie ja dann immer noch.

Eindringlich und mit leiser Stimme erzählte er immer weiter und endlich ließ sie das Kreuz wieder los.

Sie schaute von der Höhle zum nahen Flussufer und dachte nach, schließlich sah sie ihn an.

„Meine Urgroßmutter hat früher auch diesen Gesang vorgetragen. Vielleicht kann ich ihn noch", erzählte sie und begann das alte Lied der Ahnen, zuerst stockend und dann immer flüssiger, vorzutragen, das auch Bärtraut damals in der Höhle gesungen hatte.

Er legte ihr die Hand auf den Arm und sie verstummte.

Jetzt erzählte er von Bärtrauts Ende und wieder schrak Greta zusammen.

Alles Blut war ihr bei der Schilderung aus dem Gesicht gewichen.

„War es etwa eine Strafe Gottes gewesen?", dachte sie und damit dasselbe, wie Siegbert ein paar Tage zuvor.

Und drohte ihr möglicherweise dasselbe Schicksal?

Siegbert erhob sich von seinem Platz im Grase und zeigte auf den Mond, der sich gerade über dem Fluss zeigte.

Greta nickte und stand ebenfalls auf.

Gemeinsam gingen sie in die Höhle und während Siegbert das Feuer anzündete und mit dem Blasebalg für genug Hitze sorgte, umkreiste Greta singend den Ofen.

Immer kräftiger wurde dabei ihr Gesang, der von den Höhlenwänden zurückgeworfen und damit noch lauter wurde.

Schließlich legte er das kleinere Stück Metall auf den Ofen und betätigte immer weiter den Blasebalg.

Mit jedem Luftzug schossen die Flammen in die Höhe und durch die Hitze in der kleinen Höhle kam er schnell ins Schwitzen.

Der Rauch des Feuers zog nur langsam nach oben durch die Öffnung in der Höhlendecke ab.

Er überlegte, wie das wohl in der anderen Höhle gewesen war, denn die war doch viel tiefer im Felsen gewesen und dennoch hatte er den Rauch nicht so deutlich wahrgenommen.

Vielleicht hatte Wolfgang auch eine andere Holzkohle verwendet, denn von dieser hier brannten ihm schon jetzt die Augen.

Nach kurzer Zeit wurde es aber besser und ein Luftzug von draußen sorgte dafür, dass sich der dichte Qualm endlich auflöste.

Schließlich glühte das Metall und er ergriff es mit der Zange.

Greta stand mit erhobenen Armen vor dem Feuer und zusammen murmelten sie die alten Beschwörungen.

Dann schlug Siebert mit dem Hammer auf das glühende Eisen, Schlacke und Kohle flogen nach allen Seiten davon und ein kleineres Stück davon traf Gretas Bein, die viel zu nahe am Amboss gestanden hatte.

Sofort hatte es sich durch den Stoff des Kleides gebrannt und die Frau schrie auf.

Siegbert ließ alles auf dem Amboss liegen und stürzte zu ihr. Gerade noch rechtzeitig, um sie aufzufangen.

Schnell trug er sie zum nahen Fluss und wusch die Wunde sorgsam aus, die das Kohlestück oberhalb von Gretas Knie in das Bein gebrannt hatte.

Zum Glück war es kein glühendes Schlackestück gewesen, das hätte sicher schwerere Verbrennungen nach sich gezogen.

Mit Tränen in den Augen betete sie laut um Vergebung für all ihre Sünden und war sich sicher, dass dies eine Strafe Gottes für die Beschwörungen war.

Siegbert hatte ihr derweil den Rock hochgeschoben und verband die Wunde mit einem Streifen Stoff, den er vom Saum ihres Unterkleides abgerissen hatte, und half ihr wieder auf die Füße.

Langsam gingen sie zurück zur Höhle, wo sich Greta am Eingang hinsetzte und zusah, wie der Mann das Eisen bearbeitete.

Als er es falten wollte, humpelte sie vorsichtig zum Amboss und legte die Kräuter auf, achtete dabei aber darauf, so schnell es ging, wieder auf ihren sicheren Platz am Höhleneingang zurückzukehren, bevor er mit seiner Arbeit weiter machte.

Immer wieder rieb sie sich den schmerzenden Oberschenkel und als Siegbert das Stück Eisen vollkommen von der Schlacke befreit hatte, legte er es zum Abkühlen auf den Höhlenboden.

Er trat zu ihr und nahm sie bei der Hand.

Draußen war gerade die Dämmerung hereingebrochen und schon bald würde es Nacht sein.

Zusammen gingen sie zu einer kleinen Bucht, die der Fluss in das Ufer gegraben hatte, und die nicht weit von der Höhle entfernt war.

Dort sprangen sie in ihren Unterkleidern in das Wasser, um sich von der schweren Arbeit zu erfrischen.

Sie plantschten in dem kaum hüfttiefen Wasser wie Kinder umher und der Mond schaute von oben auf sie herunter.

Als sie später im Dunklen auf der Sandbank nahe beim Ufer lagen, drückte sich Greta ganz dicht an ihn heran.

So blieben sie einfach eine Weile liegen, leise säuselte der Wind in den Bäumen, die nicht weit von ihnen am Flussufer standen.

Die kleine Sandbank war gerade einmal so breit, dass zwei Menschen ausgestreckt dort liegen konnten, rings um sie herum plätscherte der Fluss dahin und von Zeit zu Zeit konnte man einen Frosch hören, der im nah gelegenen Schilf wohl aus dem Schlaf aufgeschreckt worden war.

Dort lagen sie eine ganze Weile im Sand bis es ihnen zu kühl wurde, dann gingen sie zur Höhle zurück, wo Siegbert das Schmiedefeuer erneut anfachte.

In der Höhle kuschelten sich beide vor dem wärmenden Feuer aneinander.

Schüchtern küsste sie ihn schließlich und er umarmte sie, leidenschaftlich erwiderte er ihren Kuss.

Die aufgehende Sonne weckte sie in der Höhle wieder auf. Nackt, wie Gott sie geschaffen hatte, lagen sie noch immer nebeneinander vor dem Schmiedeofen.

In dieser Nacht hatte er sie zur Frau gemacht und sie war glücklich. Behutsam strich Siegbert ihr eine rote Locke aus ihrem Gesicht.

Schnell zogen sie sich wieder an und während Greta die Höhle verließ, um Beeren und Wurzeln zu suchen, fachte er das Schmiedefeuer wieder richtig an.

Wenig später hallten seine Hammerschläge durch den Wald.

16. Kapitel
Unerwartete Hilfestellung

Seit mehr als einer Woche lebten sie jetzt schon in der Höhle. Nur zum Gottesdienst am Sonntag waren sie in der Stadt gewesen und von dort hatte Greta etwas zu essen mitgebracht.

Langsam nahm der Eisenblock Gestalt an. Das, was Wolfgang begonnen hatte, setzte Siegbert fort.

So richtig wusste er zwar nicht, was er tat, doch er machte es so, wie er es fühlte.

Immer wieder faltete er das Eisen, verdrehte es um den Amboss und schlug es wieder zu einem Block. Genauso wie sie es mit seinem Messer gemacht hatten.

Vom Aufgang der Sonne am Morgen bis zu deren Untergang stand er am Amboss und nur in den kurzen Zeiten des Essens konnte er sich ausruhen. Immer wenn er den Blick hob, sah er Greta und er war froh, dass er sie hier bei sich hatte.

An diesem Morgen war Greta wieder einmal ein ganzes Stück von der Höhle entfernt in den Wald gegangen, doch die Hammerschläge des Gefährten waren auch bis hierher zu hören.

Einen Augenblick dachte sie daran, in die Stadt zurückzugehen, um wieder Essen bei der Mutter zu holen, aber dazwischen lag der dunkle Wald und so ganz alleine wollte sie da nicht hindurchgehen, auch wenn sie den Weg ja kannte.

Im Halbkreis, vom Flussufer zum Flussufer, um die kleine Höhle herum, sammelte sie alles Essbare in ihre Schürze hinein, doch die Abstände zur Höhle wurden mit jeden weiteren Tag größer, weil sie viele Stellen ja bereits in den vergangenen Tagen abgesucht und die Beeren dort längst geerntet hatte.

Immer weiter wurde damit auch ihr Weg.

Am liebsten wäre sie immer in der Höhle, bei Siegbert, geblieben, aber sie musste etwas zu essen für sich suchen.

Ein Knacken hinter ihr ließ sie zusammenzucken, doch als sie sich umdrehte, war keine Bewegung im Wald zu sehen. Nur der Wind bewegte die Zweige und Blätter.

Ein Eichhörnchen hing kopfüber an einem Stamm ein paar Schritte hinter ihr. Vielleicht hatte auch das Tier das Geräusch gemacht.

Die Frau und das Hörnchen schauten sich einen Moment an, bevor das Tier nach oben in die Krone des Baumes huschte.

Vorsichtig ging Greta weiter zur Höhle und musste dabei über die umgestürzten Baumstämme steigen. Dafür band sie sich die Schürze ab und faltete sie an allen vier Ecken zu einem Beutel zusammen, den sie in einer Hand halten konnte.

Mit der anderen den Rock hoch raffend, damit sie besser über die liegenden Stämme steigen konnte, kletterte sie geschickt durch das Unterholz und über die durch den Regen der vergangenen Nacht glitschig gewordenen, umgestürzten Baumstämme.

Dabei blickte sie sich immer wieder um, doch es war niemand zu sehen.

Es war wohl eine Ahnung oder unbewusste Angst, doch vielleicht machte sie sich auch nur unnütz Sorgen.

Am Eingang der Höhle schaute sie zuerst nach Siegbert, der immer noch mit dem Hammer in der Hand am Amboss stand, dann setzte sie sich hin und breitete die Beute ihrer Suche vor sich aus.

Aufmerksam betrachtete sie die Wurzeln und schaute auch zu Siegbert hinüber.

Der Eisenklumpen hatte unter seinem Hammer eine längliche Form erhalten, lang und dick wie ein Arm und er wurde jetzt immer schmaler und länger ausgearbeitet.

Abermals hörte sie, zwischen zwei Hammerschlägen, ein Knacken und als sie sich umdrehte, sah sie fünf Männer auf sich zu stürmen.

Nicht einmal schreien konnte sie noch, so schnell waren die Kerle gewesen.

Die Männer rissen Greta von ihrem Platz, zerrten sie in die Höhe und mit sich in die Höhle hinein, wo sie mit Äxten und Messern auf Siegbert losgehen wollten.

Nur einen kurzen Moment zögerte er, dann nahm der den schweren Schmiedehammer und warf ihn einem der Räuber an den Kopf.

Ohne einen Laut sackte der Mann getroffen zusammen.

Einer der anderen Räuber griff sie sich und setzte ihr das Messer an den Hals, als Siegbert mit seiner glühenden Schmiedezange auf die Angreifer losgehen wollte.

Wütend funkelten seine Augen die drei vor ihm stehenden Männer an, der vierte hielt immer noch Greta das Messer mit der Klinge an den Hals und die ersten Blutstropfen zeigten sich schon auf der Schneide.

Plötzlich stürzten zwei weitere Männer mit Schwertern in die Höhle und einer schrie: „Hab ich euch endlich!"

Der Mann, der die Frau hielt, fuhr herum und gab Greta frei, die sofort auf die Knie fiel.

Siegbert nahm daraufhin seine Zange, die am vorderen Ende immer noch glühte, und warf sie einem der anderen Räuber zu, der sie instinktiv auffing und danach mit einem Schrei fallen ließ.

Er starrte auf seine verbrannten Hände, von denen Rauch aufstieg.

Vermutlich würde er sie nie wieder benutzen können.

Schnell hatten die beiden mit Schwertern bewaffneten Männer die Räuber niedergerungen und alle vier gefesselt.

Greta schaute auf das Blut, das sie von ihrem Hals an die Hand gewischt hatte.

Zum Glück war es kein tiefer Schnitt gewesen, doch es blutete ziemlich.

Siegbert nahm Zange und Hammer wieder an sich und legte sie auf den Amboss.

Der Mann, den der Hammer getroffen hatte, war tot, die anderen saßen jetzt gefesselt in der Ecke.

„Ist bei dir alles in Ordnung?", fragte er Greta, die sichtlich blass auf dem Höhlenboden, nicht weit vom Eingang saß.

Sie nickte und wischte sich wieder das Blut vom Hals.

Dann ging Siegbert zu den beiden Männern, die sie gerettet hatten, hinüber.

Einer von ihnen kam ihm bekannt vor und plötzlich wusste er es.

„Danke, Karl", sagte er und gab dem Mann die Hand, der ihn verwundert ansah.

Da erkannte auch er den Freund aus Kindertagen und beide umarmten sich.

„Wir sind schon eine Weile hinter diesen Räubern her", erklärte Karl und zeigte mit dem Schwert auf die momentan vor Angst zitternden Männer.

Der Galgen war ihnen damit sicher.

Nur kurz konnte sich Siegbert mit Karl unterhalten, aber sie würden sich ja sicher in der Stadt wieder sehen, denn Karl hatte vor, noch eine Weile in der Gegend zu bleiben.

Greta band sich ein Stoffstück vom Saum ihres Unterkleides um den Hals, um die Blutung endgültig zu stoppen.

Karl und der andere Mann brachten die Räuber fort und anschließend begann Siegbert die unterbrochene Arbeit fortzusetzen.

Um sich abzulenken und zu beruhigen bereitete Greta, immer noch mit zitternden Fingern, das Essen für sie beide vor und als das Schwert endlich wie ein Schwert aussah, rannte Siegbert zum Fluss, um die zukünftige Waffe darin abzukühlen.

Zischend tauchte er das glühende Metallstück in das kalte Wasser.

17. Kapitel
Genau richtig

Momentan lag das Schwert auf dem Amboss, sie beide saßen davor und ließen sich die Beeren und Wurzeln schmecken, die Greta gefunden hatte.

Immer noch dachte Siegbert an seinen Freund, der sie an diesem Tag wohl gerettet hatte. Alleine hätte er es sicher nicht mit den Räubern aufnehmen können und sicher wäre Greta wohl bei dem Kampf zu Schaden gekommen.

Liebevoll schaute er sie an, der Verband am Hals hatte durch ihr Blut eine rosa Färbung angenommen.

Sie sah ihm in die Augen und versuchte dabei ihre Angst zu unterdrücken und sein Lächeln half ihr etwas dabei.

Sacht legte er seine Hand auf ihren Arm.

„Ist es jetzt fertig?", fragte sie und zeigte auf das Schwert.

Siegbert schüttelte den Kopf, doch er wusste, was sie dachte. Nicht das Schwert meinte sie, sondern ihren Aufenthalt hier im Wald.

Irgendwie war es ihr wohl hier zu gefährlich geworden und auch er musste an Bärtraut und deren Ende denken, das wollte er für Greta verhindern.

Den Überfall hatten sie zwar fast unbeschadet überstanden, doch waren vielleicht noch weitere Räuber in der Nähe.

Möglicherweise sogar ungarische Reiter!

Er wollte ihr die Angst nehmen und überlegte kurz.

Schließlich erklärte er ihr, nach einem Moment: „Die Schneiden fehlen noch und dafür nehme ich das besondere Eisen, so wie Wolfgang es wollte."

Dabei zeigte er auf den kleineren Eisenklumpen, der in der Ecke lag, und bei dessen Bearbeitung sich Greta das Bein verbrannt hatte.

Er überlegte, wie Wolfgang es wohl gemacht hätte, die Klinge zu verschweißen, ohne den Kern wieder zu zerstören und dabei fiel ihm eine der Wurzeln im Sand zu seinen Füßen auf und als er sie sich genauer ansah, wusste er, wie er es schaffen konnte.

Nachdem sie fertig gegessen hatten, ging er mit dem Schwert wieder zum Fluss und packte Schlamm vom Ufer auf die Klinge.

Mit einem Holzstück säuberte er die Teile, die er zum Verschweißen brauchte, wieder von dem Sandgemisch und legte das Schwert anschließend zum Trocknen auf den Höhlenboden.

„In ein paar Tagen sind wir fertig und dann können wir wieder zurück", erklärte er, als er den kleinen Eisenblock in das Feuer legte.

„Kann ich den Blasebalg bedienen? Dann werden wir eher fertig?", entgegnete Greta und kniete sich vor den Ofen.

Natürlich wusste er, dass sie damit auch schneller wieder unter das elterliche Dach wollte.

Eigentlich hätte er ja dafür langsamer arbeiten wollen, denn es gefiel ihm hier ganz gut mit ihr, allerdings konnte er natürlich auch ihre Angst verstehen.

Gemeinsam und mit vereinten Kräften setzten sie daher ihre Arbeit zügig fort.

Zuerst teilte er den Block, dann schmiedete er zwei lange Stangen heraus, die er dann mit dem Rumpf des Schwertes im Feuer verschweißte und dann mit einem kleinen Hammer in Form schlug.

Als es in der Abenddämmerung in den Fluss tauchte, gab er ein Gebet mit hinein, dass seine Arbeit gelungen sein würde.

Wieder badeten sie gemeinsam im Fluss und gaben sich dann später in der Höhle ihrer Liebe hin.

Erschöpft und glücklich schliefen sie, bis die Morgensonne die beiden verschlungen liegenden Menschen wieder weckte und schon nach wenigen Augenblicken hatte Siegbert das Feuer angefacht.

Jetzt galt es, die Klinge so zu schärfen, wie man das von einem Schwert erwarten würde.

Mit dem kleinen Hammer schmiedete er die Kanten zurecht, während sich Greta im Fluss die Haare waschen ging.

Eigentlich hätte sie sich fürchten müssen, so ganz alleine im Wald, aber die Angst war vollkommen verschwunden.

Nur ganz leise konnte sie an diesem Tage die Hammerschläge hören, als sie in der kleinen Bucht saß und sich die Haare im Wind trocknen ließ.

In ihre Gedanken versunken schaute sie auf den Fluss und hörte hinter sich plötzlich einen fremden Mann sprechen.

„So alleine hier?", fragte die Stimme und Greta fuhr herum.

Nur im Unterkleid saß sie direkt vor dem Mann, den Siegbert in der Höhle mit Karl begrüßt hatte, und der sie vor den Räubern gerettet hatte.

Sie nickte und wurde rot.

Der Mann drehte sich von selbst um, als er ihre Gesichtsfarbe sah und so hatte sie die Zeit, flugs ihr Kleid wieder anzuziehen.

Zusammen gingen sie zur Höhle hinüber, wo Siegbert vor dem Feuer saß und die Klinge weiter schärfte.

Wieder begrüßten sich die beiden Männer herzlich und wie ihresgleichen, obwohl Karl deutlich besser gekleidet und in seinem Stand weit über Siegbert war, doch das tat ihrer Freundschaft, zumindest hier im Wald, wo sie niemand sah, keinen Abbruch.

Karl hatte Fleisch und Wein mitgebracht, den er aus einer umgehängten Tasche zog.

Siegbert lehnte das halbfertige Schwert an den Amboss und langte zu.

Währenddessen betrachtete Karl das Schwert und hob es an.

„Das ist das größte und schwerste Schwert, dass ich je in der Hand hatte", äußerte er sichtbar verwundert und hob es über seinen Kopf.

Durch den Schlamm war von dem zukünftigen Klingenmuster noch nichts zu sehen, das würde dann hoffentlich nach dem Schleifen in Reinholds Werkstatt zu bewundern sein.

Doch das würde sicher noch einmal eine Woche in der Stadt dauern.

„Es ist ein königliches Schwert. König Heinrich hat es in Auftrag gegeben", antwortete Siegbert.

Karl stellte es vorsichtig wieder ab.

„Für einen König ist es genau richtig!", offenbarte Karl und verabschiedete sich später wieder von ihnen.

Durch die verlorene Zeit wurde das Schwert aber nicht mehr an diesem Tag fertig und Greta konnte noch eine weitere zärtliche Nacht bei ihrem Geliebten bleiben.

Doch was würde wohl ihr Vater dazu sagen?

Sicher würde er sie fortjagen, wenn er sie jetzt so sehen würde, nackt und in den Armen von Siegbert, mit dem sie ja nicht verheiratet war.

Hatte sie sich eigentlich vorher darüber Gedanken gemacht?

Bevor sie mit ihm in den Wald gegangen war?

Er hatte sie gefragt und sie war einfach mitgegangen.

Auch der Vater hatte sie nicht aufgehalten und im Moment kam ihr das alles noch viel seltsamer vor.

Hier in dieser Höhle hatte er sie zur Frau gemacht und das wo sie doch noch nicht verheiratet waren. Er hatte sie nicht gefragt, und sie ihn auch nichts gesagt. Es war einfach so passiert.

Sie schaute zur Höhlendecke hinauf und konnte diese gerade so erkennen. Nur wenig Licht fiel in die Höhle und das Feuer warf nur noch einen leichten Schein nach oben.

„War es nicht Sünde gewesen?", fragte sie sich immer wieder in Gedanken.

Sie griff an das kleine Kreuz um ihren Hals, das sie als einziges noch auf der nackten Haut trug, und betete.

Wie eine warme Decke breitete sich der Glauben über sie aus, dass alles gut gehen würde und schließlich schlief sie ein.

18. Kapitel
Die gekaufte Braut

Nach dem Sonnenaufgang waren sie aufgebrochen, um zurück in die Stadt zu gehen. Siegbert hatte nur das Schwert und den Schmiedehammer in der Hand, den Rest würde er später mit Reinhold zusammen aus der Höhle holen.

Schweigend gingen die beiden Liebenden durch den Wald und jeder von ihnen hing dabei seinen Gedanken hinterher.

Greta dachte über die vergangenen Tage nach. Sie hatte ein verbranntes Bein und die Narbe am Hals war ebenfalls noch zu sehen. Viel wichtiger war aber, dass sie ihre Unschuld verloren hatte und sicher mit Schimpf und Schande aus der Stadt gejagt werden würde.

Die Zweifel und Gedanken der letzten Nacht brachen jetzt wieder auf, da sie die schützende Höhle im Wald verlassen hatten und zurück in die Zivilisation der Stadt gingen.

Immer wieder schaute sie Siegbert von der Seite aus an. Was dachte er wohl?

Mit jedem Schritt, den sie der Ansiedlung näher kam, wurden die schlimmen Bilder und Vorahnungen in ihrem Kopf immer plastischer und jeder Tropfen Blut war aus ihrem Gesicht gewichen.

Immer mehr begann sie zu zittern und ihre Hand suchte die Hand des Geliebten.

Hier im Wald gab ihr das den Halt, aber was würde jetzt werden?

Siegbert seinerseits machte sich darüber keine Gedanken, er würde einfach den Wirt um die Hand seiner Tochter bitten, und der wäre ein Tölpel, wenn er dieses Ansinnen ablehnen würde.

Kein Mann würde Greta nach den Tagen mit ihm im Wald zur Frau nehmen wollen.

Er machte sich viel mehr Gedanken darüber, wie er wohl das Schwert, wenn es in ein paar Tagen fertig sein würde, zu König Heinrich bringen konnte.

Vielleicht konnte ihm Karl dabei helfen.

Er würde ihn nach der Rückkehr einfach fragen, denn Karl hatte ja in der Schänke seine Unterkunft für die Zeit seines Aufenthalts in der Stadt.

Der Wald lichtete sich und sie traten auf die Wiese heraus.

Greta ließ schnell seine Hand los, bevor jemand es sehen konnte.

Nach der letzten Biegung des Weges sahen sie endlich die Stadt vor sich. Direkt davor war der Richtberg, ein kleiner Hügel, auf dem der Galgen stand.

Sie sahen dort fünf Gestalten hängen und beim Näherkommen erkannten sie auch die Räuber, die sie in der Höhle überfallen hatten.

Sogar den bereits durch den Hammer getöteten Räuber hatten sie zur Abschreckung mit aufgehängt. Eine große Menge Raben und Krähen saß auf der Querstange und wartete darauf, sich an den Leichen gütlich zu tun.

Greta schreckte aber viel mehr der noch leere Schandpfahl, der unterhalb des Berges direkt neben dem Stadttor stand.

Viel näher ging sie daraufhin neben Siegbert her und schaute nur mit einem Auge zu der Stelle der Schande, wo alle Diebe und auch die Ehebrecherinnen fest gemacht wurden.

Dort wurden sie ausgepeitscht oder nackt festgebunden, damit sie von allen mit Schlamm oder faulen Früchten beworfen werden konnten.

Oft hatte sie die Frauen oder Männer dort stehen sehen. Jeder, der die Stadt betrat oder verließ, musste dort vorbei und sah die Schande der jeweiligen Person.

Von dort aus ging dann auch der Tratsch in das Umland, spätestens wenn beim Gottesdienst am Sonntag alle Bauern aus der Umgebung daran vorbeimussten.

Nein, wer einmal dort gestanden hatte, der konnte nur weit weg oder tief in den Wald fliehen. Hier würde er, oder sie, nie wieder von der Schande gereinigt werden können.

Als sie das Tor passiert hatten, teilten sich ihre Wege.

Während Greta zu ihren Eltern in die Schänke ging, bog Siegbert mit dem Schwert in die Gasse zur Schmiede ein, die er kurz darauf betrat.

Er begrüßte Reinhold und legte das Schwert in der Werkstatt ab.

„Kannst du mir dafür einen Griff gießen?", fragte er den Freund.

Reinhold nahm sofort Maß.

„Ich mache den Griff schwerer, damit das Schwert wieder im Gewicht ausgeglichen ist", antwortete Reinhold schließlich.

Siegbert dankte dem Freund, nahm seine Geldkatze und ließ die großen Münzen durch die Finger gleiten.

Es waren einige, aber würden sie ausreichen, um den Wirt zu besänftigen und seine Greta auszulösen?

Er ließ die Münzen zurück in den Beutel rutschen und zog die Schnur wieder zu.

Nur ein paar Augenblicke war er von Greta getrennt und schon fehlte sie ihm.

Sofort machte er sich auf den Weg zur Schänke hinüber und setzte sich in den Schankraum. Dort wurde er von Gretas kleiner Schwester bedient und wenig später kam auch ihr Vater in den Schankraum.

Da Siegbert keine Verwandten hier in der Stadt hatte, musste er selber nach Gretas Hand fragen.

Er wischte sich den Bierschaum von den Lippen und erhob sich von seiner Bank.

Einen Moment später stand er vor dem Wirt und sagte laut: „Gib mir die Hand deiner Tochter Greta. Dafür."

Dabei drückte er ihm die gefüllte Geldkatze in die Hand, der alte Mann öffnete die Schnur und schaute hinein.

„Das reicht nicht!", äußerte der Alte und zog die Schnur wieder zu.

Der alte Mann nannte eine unerschwingliche Summe, drückte ihm die Geldkatze wieder in die Hand und schaute ihn an.

Es war klar, dass er so viel wie möglich für seine Tochter herausschlagen wollte, doch der schlaue Wirt wusste sicherlich auch, dass er dabei nicht zu weit gehen durfte.

Siegbert konnte Gretas ängstliche Augen aus der Küche sehen, denn sie stand nur wenige Schritte hinter ihrem Vater, schaute ihm über die Schulter und hatte alles gehört.

Wie konnte er die geforderte Summe aufbringen?

Der Gegenwert von drei guten Kühen für Greta!

Für einen Moment machte sich Angst in Siegbert breit, die geliebte Frau zu verlieren, doch dann fiel sein Blick auf Karl, der mit seinen Freunden an einem Tisch am anderen Ende der Schänke saß.

Zielsicher ging er auf den Freund zu und nach einem kurzen Gespräch hatte Siegbert die geforderte Münzmenge in der Hand.

Wenig später wechselten die Münzen auch schon wieder den Besitzer und mit einem Handschlag wechselte auch die erleichterte Greta von einer Familie zur nächsten.

Damit schuldete er jetzt aber Karl eine Menge Geld und das musste er sich vom König für das Schwert zurückholen.

Hand in Hand verließen Siegbert und Greta die Schänke und zogen zu Reinhold in die Schmiede.

Damit waren sie Mann und Frau.

Greta war mehr als erleichtert über den Ausgang des Tages.

Noch an diesem Abend ging sie in die kleine Kirche und gab ein Dankgebet ab.

Eine kleine Kerze, die sie teuer auf dem Markt gekauft hatte, sollte als Dank dafür die ganze Nacht vor dem Altar brennen.

19. Kapitel

Hexenwerk und Kirchensegen

ie Morgensonne schien ihr ins Gesicht, Greta stand mit einem Reisigbesen vor der Schmiede und genoss die Wärme der Strahlen auf der Haut. Gerade hatte sie, wie jeden Morgen, die Werkstatt und den Weg davor gekehrt.

Sie sah ihre kleine Schwester Uta, die ebenfalls mit dem Besen auf der Straße stand und winkte ihr zu.

Eigentlich konnte man gar nicht von der Schmiede zur Schänke sehen, weil sich noch einige Häuser dazwischen befanden, also stand ihre Schwester wohl bewusst so weit vor der Schänke, um sie sehen zu können.

Ein paar Tage war sie jetzt schon mit Siegbert verheiratet, nur der Segen des Pfarrers fehlte noch, und den wollten sie sich im heutigen, sonntäglichen Gottesdienst holen.

Sie stellte den Besen in die Ecke und ging zu ihrem Mann zurück.

Gemeinsam verließen sie die Schmiede und Hand in Hand liefen sie zu der kleinen Kirche hinüber. Dort setzten sie sich auf die Holzbank in der ersten Reihe, direkt vor dem Altar.

Durch die kleinen, schmalen Fenster fiel nur wenig Licht in den Raum hinein. Greta sah sich um und ihre Mutter saß nur drei Reihen hinter ihr. Sie glaubte im schwachen Licht das Glitzern einer Träne auf dem Gesicht ihrer Mutter zu erspähen.

Ob diese jetzt aber aus Freude für sie, die ihr Glück bei Siegbert gefunden hatte, oder aus Trauer um die verlorene Hilfe im Schankraum entstanden war, konnte Greta nicht beurteilen.

Der Pfarrer begann in Latein und alles war sehr feierlich, auch wenn niemand ihn verstand.

Zum Schluss des Gottesdienstes standen alle in der Woche vermählten Paare nacheinander vor dem Altar und der Pfarrer legte seine Hände als Segen auf die Köpfe der Brautpaare.

Das Läuten der Glocke beendete den Gottesdienst und alle Bewohner der Stadt verließen die Kirche wieder.

Wie jeden Sonntag trafen sich danach alle Bewohner der Stadt und der umliegenden Gegend auf dem großen Platz vor dem Gotteshaus. Es wurde Musik gespielt, getanzt, getrunken und gefeiert.

Auch Greta und Siegbert tanzten auf dem Platz.

An einem Stand schenkte Gretas Vater Bier aus und dort stieß er auch mit Siegbert an. An diesem Tag wurde nur gefeiert und gehandelt. Keiner arbeitete nur Uta half dem Vater, wie bisher sie es getan hatte, aber es war eindeutig zu sehen, dass Uta dabei wohl mehr Aufmerksamkeit für den Töpfer, als für ihre gefüllten Krüge hatte.

Sicherlich würde es da in absehbarer Zeit eine weitere Hochzeit in der Familie geben.

Erst nach Einbruch der Dämmerung kamen Greta und Siegbert wieder in ihr Haus zurück, dass ja tagsüber die Schmiede war.

So gut es eben ging, hatten sie sich dort eingerichtet, das einzige, das störte, war, dass auch Reinhold mit im selben Zimmer wohnte, aber eigentlich war es ja auch sein Haus und seine Schmiede.

Das Schwert lag fertig neben dem Amboss und erst heute konnte sie es sich genauer ansehen.

Mit einem Talglicht ging sie zu dem Schwert hinüber und betrachtete den schön gestalteten Griff. Sie stellte das Licht neben den Amboss und fuhr mit den Fingern über die Klinge.

Vorsichtig hob sie das Schwert an, drehte es leicht und betrachtete die Klinge.

Plötzlich erschrak sie.

„Da ist ein Gesicht drauf!", rief sie entsetzt aus und ließ das Schwert aus den Händen gleiten.

Mit einem metallischen Geräusch fiel es mit der Schneide auf den Amboss und traf dabei auf die dort liegende Schmiedezange.

„Oh mein Gott!", stieß Siegbert erschrocken aus, kam schnell zu ihr und nahm das Schwert an sich.

Sicher wäre die Klinge für immer ruiniert, doch nicht ein Kratzer war darauf zu sehen. Sorgfältig strich er über die Schneide, doch er konnte auch keine Unebenheit ertasten.

Die Schärfe war noch immer makellos.

„Das ist Hexenwerk!", entfuhr es Greta.

Erschrocken hielt sie die beinahe in zwei Teile zerschnittene Zange hoch. Das Schwert hatte in das Metall der Schmiedezange eine tiefe Kerbe geschnittener!

Reinhold kam aus dem hinteren Teil der Schmiede, in dem er es sich gerade für die Nacht gemütlich gemacht hatte, und sah sich die Zange an.

„Das Schwert kann Eisen schneiden!", erzählte er überrascht.

Siegbert dachte daran, dass er die Schneide mit dem besonderen Eisen gefertigt hatte, das sie in dem Trichter im Wald gefunden hatten.

Wolfgang hatte das wohl schon damals gewusst. Oder geahnt? Er konnte ihn dazu nicht mehr befragen.

Zu dritt schauten sie sich die Klinge jetzt aufmerksam an. Darauf war im Schein des Lichtes deutlich das Gesicht einer bärtigen Person zu erkennen, welches er unbeabsichtigt in das Eisen hinein geschmiedet.

Aber nur auf der einen Seite. Auf der anderen waren deutlich drei Kreuze zu sehen.

„Siehst du?", fragte Siegbert seine Frau.

Greta nickte erleichtert.

„Wollen wir das Schwert vom Pfarrer segnen lassen? Nur um ganz sicher zu sein"; entgegnete sie.

„Das ist eine gute Idee, aber nun lasst uns schlafen gehen", antwortete Siegbert.

Vorsichtig legte er das Schwert zurück und jeder ging zu seinem Strohsack.

Greta konnte in dieser Nacht lange nicht einschlafen. Sie dachte an die Beschwörungen in der Höhle und fragte sich, ob das Gesicht vielleicht daher darauf zu sehen war. Hatte sie damit einen Dämon beschworen? Doch woher kamen dann die Kreuze? Hatte Gott oder der Dämon ihnen bei der Arbeit geholfen?

Aber hätte ein Dämon die Kreuze zugelassen?

Sie bekreuzigte sich schnell und verwarf den Gedanken. Sicher war es Gott gewesen.

Schließlich schlief sie doch ein.

Im Traum sah sie sich wieder in der Höhle stehen und hörte sich selber beim Singen der alten Beschwörungen. Doch dieses Mal war sie nicht alleine mit Siegbert in der Höhle, sondern es waren zwei weitere Gestalten mit ihnen dort.

Eine schwarze Gestalt und eine weiße. Sie standen einfach wortlos an ihrer Seite und beobachteten jeden ihrer Handgriffe. Waren das eine Engel und ein Dämon? Oder waren es die zwei Seiten, die in ihr genauso steckten, wie jetzt auch in dieser Waffe?

War das die Antwort auf ihre Frage an Gott?

Sicherlich!

Dieses Schwert hatte zwei Seiten: Die eine war zerstörerisch, eine dämonische und mit Gewalt verbundene Kraft, wild und tödlich, wenn man sie nicht unter Kontrolle hatte.

Die andere Seite war aber eine Friedfertige, denn in der Hand eines weisen Mannes, eines guten Königs, konnte sie helfen, das Leben vieler zu beschützen und den Feind an neuen Angriffen zu hindern.

Beide Teile waren in der Waffe und Greta verstand es augenblicklich.

Der nächste Tag weckte sie und jetzt wollte Greta das Schwert so schnell wie möglich weihen und segnen lassen.

Der Pfarrer stand in der kleinen Kirche am Altar und schaute etwas entgeistert, als sie zu zweit mit einem Schwert in die Kirche kamen und vor ihn traten, denn eigentlich sollten Waffen draußen bleiben, doch als Greta ihr Anliegen vorbrachte, weihte er das Schwert schnell.

Er war allerdings auch sichtlich froh, als Greta und Siegbert, mit der Waffe, die Kirche anschließend wieder verließen.

20. Kapitel

Auf zum König!

*A*uf dem Platz vor der Kirche trafen sie auf Karl, der gerade mit seinem Freund die Pferde aus dem Stall neben der Schänke holte.

Siegbert trat auf seinen Freund zu und erklärte: „Ich muss das Schwert zu König Heinrich bringen. Weißt du, wo ich ihn finden kann? Und ich schulde dir ja auch noch Geld, dass ich hoffentlich von ihm dafür bekomme."

„Wir sind auf dem Weg zu ihm", antwortete Karl.

„Wenn du willst, dann schließe dich uns an"; beendete er, als er den Sattelgurt festzog.

„Ich hole nur meine Sachen"; erwiderte Siegbert und wollte schon zur Schmiede laufen, als Greta ihn am Arm festhielt.

„Kann ich mit euch gehen?", fragte sie, mit solch einem Blick, dass ihr Mann daraufhin unmöglich seine Zustimmung verweigern konnte, also eilten sie zusammen zur Schmiede.

Schnell waren die Sachen zusammengerafft.

Das Schwert auf den Rücken gebunden, das Messer am Gürtel festgemacht und die von Reinhold geschmiedete Streitaxt in den Händen, stand Siegbert an der Tür, während Greta noch ein zweites Kleid in einen Beutel packte.

Am Stadttor wartete Karl schon neben seinem Pferd. Er hielt den Zügel fest und streichelte das Tier zur Beruhigung mit der anderen Hand.

„Also los!", äußerte er, als sie beide zu ihm traten, dann setzte er noch hinzu: „Wir brauchen sicher fünf Tage für den Weg und müssen uns vor den Ungarn schützen. Die sind hier irgendwo in der Nähe."

Danach saß er auf und ritt voran.

Sein Gehilfe folgte ihm und Greta sowie Siegbert beschlossen die kleine Gruppe zu Fuß.

Es ging erst ein Stück durch den Wald, doch Greta konnte den Männern in ihrem langen Rock nicht so schnell folgen und auch das vorn Hochraffen des Stoffes half da nur wenig.

Immer mehr hielt sie dadurch die Männer auf und schließlich rief sie ihren Mann zu sich.

Als er vor ihr stand, zog sie ihm das lange von Wolfgang geschmiedete Messer, das die Männer Sax nannten, aus dem Gürtel, nahm ihren Rock hoch und zerschnitt mit einer Bewegung Rock und Unterkleid, wodurch es ihr nur noch bis zu ihren Knien reichte.

So konnte sie besser laufen. Sie betrachtete ihr Werk, nickte und steckte danach das Messer zurück in Siegberts Gürtel.

Damit ging es deutlich schneller voran und schon bald hatten sie den Waldrand erreicht.

Dort suchte Karl vom Pferd aus die Freifläche ab, bevor sie zum anderen Waldrand hinüberwechselten.

In der Nacht lagerten sie auf einer kleinen Lichtung mitten im Gehölz.

Die drei Männer wechselten sich bei der Wache ab und Greta versuchte aus den in Umkreis der Lichtung gefundenen Wurzel und Beeren zusammen mit der mitgeführten Nahrung ein schmackhaftes Mahl zu bereiten, alle langten nach dem anstrengenden Weg kräftig zu.

Immer wieder horchten sie allerdings dabei in den Wald hinein, denn die von Karl erwähnten Ungarn waren möglicherweise nicht weit entfernt und konnten die kleine Gruppe sicher schnell vernichten, wenn sie gefunden werden würden.

Als sie am zweiten Morgen weiterziehen wollten, hielt Karl Greta sein Pferd so hin, dass sie aufsitzen konnte.

Sie schaute ihn für einen Moment fragend an und er nickte ihr aufmunternd zu.

Da sie sich den Rock abgeschnitten hatte, konnte sie sich richtig auf das Pferd setzen, doch da sie noch nie auf einem Pferd gesessen hatte, mussten Karl und Siegbert ihr beim Aufsteigen helfen.

Oben angekommen klammerte sie sich an den Sattel, um nicht wieder vom Rücken des Tieres herabzufallen.

Die erste Strecke dieses Tages legten sie also dennoch langsamer zurück, doch später ritt Greta viel sicherer und sie wurde damit schneller.

In einem Waldstück schlossen sich ihnen drei weitere Reiter an, die offensichtlich auf demselben Weg waren. Die Männer erzählten, dass sie die Reste einer größeren Gruppe waren, die bei einem Kampf mit den ungarischen Reitern überlebt hatten. Sie erzählten auch von den schnellen Pferden und den Pfeilen der Feinde. Es waren tödliche Geschosse, welche die Reiter im vollen Galopp auf ihr Ziel treffsicher abschießen konnten und gegen die kein Kettenhemd half.

Selbst die dicken Holzschilder wurden auf kurze Entfernung von ihnen mühelos durchschlagen.

Auf einem der Waldpfade trafen sie wenig später einen Bauern, der sich mit seiner kleinen Herde von Schweinen und seiner Familie im Wald vor den räuberischen Horden versteckt hatte.

Der Mann erzählte ihnen, dass sich Heinrich in Richtung der Pfalz Werla[3] zurückgezogen hatte, doch bis dorthin lag ihnen auch noch ein ziemlich breiter Fluss quer im Weg und sicherlich hatten die Reiter des Königs auf ihrem Rückzug alle Brücken zerstört.

Also mussten sie eine Furt suchen, doch der Bauer erklärte ihnen den Weg, allerdings wurde ihre Strecke dadurch fast einen Tagesritt länger.

So schnell sie es nur konnten, liefen Karl und Siegbert vorn an der Spitze der Gruppe. Die Waffen immer griffbereit in den Händen, die anderen folgten ihnen nicht weniger aufmerksam und am Abend hatten sie dann endlich die Furt erreicht.

---

[3] Die ehemalige Königspfalz Werla befindet sich unweit der heutigen Ortschaft Werlaburgdorf (Gemeinde Schladen-Werla) in Niedersachsen

Doch erst in der Morgendämmerung überquerten sie den Fluss, der an der Furt den Pferden bis zum Bauch reichte und ziemlich reißend war.

Siegbert hielt sich daher am Zügel von Gretas Pferd fest, um nicht abgetrieben zu werden.

Nach dem Übergang rieb er zuerst das Schwert trocken, bevor sie weiter aufbrachen.

Auf ihrem weiteren Weg waren immer mehr zerstörte Dörfer und verlassene Häuser zu erblicken. Offensichtlich hatten die ungarischen Reiter den Fluss ebenfalls überqueren können und jetzt mussten sie, da der Feind nah war, besonders vorsichtig sein und man sah Greta die Angst deutlich an.

Jetzt machte sie sich selbst insgeheim Vorwürfe darüber, dass sie so einfach mitgezogen war und sich dieser tödlichen Bedrohung ausgesetzt hatte, nur um nicht in der sicheren Stadt alleine zu bleiben.

„Gibst du mir deinen Sax?", fragte sie ihren Mann.

Siegbert reichte ihr seinen Gürtel mitsamt der Waffe nach oben.

Schnell schlang sie sich den Riemen um die Hüften und damit war sie nicht mehr ganz so wehrlos und ängstlich.

Immer wieder rückte sie sich allerdings auch nervös den Griff zurecht, um die Waffe notfalls schnell ziehen zu können.

Unvermittelt stürmten ein paar Reiter aus einem Gebüsch auf sie zu, doch die Entfernung für Pfeile war viel zu gering und so ritten die Ungarn, ihre krummen Schwerter schwingend, auf sie zu.

Ein schneller Kampf entbrannte, in dem sich auch Greta mit dem langen Messer wehren musste, aber gegen ein so langes gegnerisches Schwert hatte sie kaum eine Chance. Erst Siegberts geworfene Axt rettete sie.

Als der Kampf vorbei war, waren nur noch sie vier aus der Stadt am Leben.

Allerdings hatte jetzt jeder von ihnen ein Pferd und Greta hatte sich einen Bogen und viele Pfeile mit auf ihr Pferd genommen.

So schnell die Pferde liefen, machten sie sich wieder auf den Weg, denn die Pfalz war noch weit, der König offenbar in Bedrängnis und das Schwert wollte zu seinem Herren!

21. Kapitel

Im richtigen Moment

ndlich war die Holzpalisade der Pfalz auf einem Hügel vor ihnen zu sehen, hinter der sich König Heinrich mit seinen Männern vor den angreifenden Ungarn in Sicherheit gebracht hatte.

Greta sprang von ihrem Pferd und zog die Tasche vom Rücken des Tieres. Schnell streifte sie sich das kurze Kleid ab, um das andere anzuziehen, welches damit dann die richtige Länge haben würde, wenn sie dem König gegenüber trat.

Kurz stand sie damit im Unterkleid im Wald, das kurze, von ihr abgeschnittene Kleid wanderte in den Beutel und nachdem sie sich das längere Kleid übergestreift hatte, legte sie sich Siegberts Waffengürtel wieder um die Hüften und rückte den Sax zurecht.

Allerdings konnte sie so nicht mehr reiten und darum musste sie die letzten Schritte neben ihrem Pferd hergehen.

Aber auch Siegbert war abgestiegen und zusammen gingen sie den kurzen Weg bis zu dem Pfad, der zur Pfalz hinauf führte.

Karl zog dort sein Horn aus seiner Tasche und stellte sich unweit des Einganges zur Feste mitten auf den Torweg. Ein langer Ton war zu hören und zusammen mit seinem Namen, den er laut zu den Männern auf der Palisade rief, öffnete dies Karl, und ihnen als seine Begleitung, das Tor der Königspfalz, das unmittelbar hinter ihnen schnell wieder geschlossen wurde.

Ein paar hundert Männer und Pferde befanden sich innerhalb der Umzäunung, einige Dutzend Frauen und Kinder waren ebenfalls zu sehen.

Sie brachten die vier Pferde in einen der Ställe und suchten sich dann den Weg zum Haupthaus der Pfalz, wo der König sicher zu finden war.

Eine große, aus Steinen gemauerte Wand versperrte ihnen schließlich den Weg. An dieser Mauer mussten sie jetzt ein ganzes Stück entlang gehen. Vermutlich sollte es einem Angreifer damit schwer gemacht werden, die Pfalz zu erobern, denn auch dieser musste ja die ganze Zeit unter den Pfeilen der Verteidiger hier entlang.

Noch zwei weitere Tore mussten sie passieren, dann standen sie endlich vor dem Eingang des Gebäudes. Es war ein größeres Steingebäude mit zwei Etagen.

Um zum König zu gelangen, stiegen sie eine Treppe nach oben und betraten danach zwischen zwei Wachen hindurch einen großen Saal, der fast die gesamte obere Etage des Gebäudes einnahm.

Greta wunderte sich, dass sie bisher einfach so hier entlang gehen konnten, ohne dass sie jemand anhielt oder fragte. Keiner hatte sie bislang begleitet, doch Karl schien sich hier gut auszukennen und einige Kämpfer hatten ihn unterwegs mit einem Handschlag begrüßt.

Der Saal war angefüllt mit Männern und ein paar Frauen, die Männer standen an einem Tisch, die Frauen hingegen befanden sich am Rande und schauten aus einem Fenster.

Einige Mägde liefen geschwind mit Krügen durch die Reihen und brachten den Männern Getränke.

Am Eingang des Saales zeigte Karl mit der Hand auf einen Mann am Ende des Raumes, dann wendete er sich zu einem Gespräch einem anderen Mann zu, der neben ihm gestanden hatte.

Greta begleitete ihren Mann weiter in den Raum hinein.

Siegbert nahm das Schwert in beide Hände und trug es quer vor sich her. An einem langen Tisch saß ein älterer Mann von etwa fünfzig Jahren, dessen Bart schon grau wurde. Er war sehr vornehm gekleidet, und da er der einzige war, der dort saß, war es Siegbert klar, dass dies der König sein musste.

Niemand sonst hätte es gewagt, zu sitzen, wenn der König stand.

Siegbert ging vor ihm auf die Knie, beugte seinen Kopf und hielt ihm das Schwert hin.

Danach begann er zu erklären: „Hoher Herr, ihr habt bei meinem Meister Wolfgang ein Schwert in Auftrag gegeben. Er und seine Frau wurden von den Ungarn getötet, aber ich habe es für euch fertiggestellt."

Siegbert hatte das Schwert so gehalten, dass der König die drei Kreuze auf der Klinge sehen konnte.

Der König erhob sich und nahm das Schwert auf. Er drehte die Waffe in der Hand, schaute sie sich von allen Seiten an und erblickte dabei auch das bärtige Gesicht auf der anderen Klingenseite.

„Wir haben die Waffe von einem Priester für euch segnen lassen"; offenbarte Greta mit einer tiefen Verbeugung.

„Ihr kommt genau richtig", bemerkte der König und hielt das Schwert hoch, damit es jeder im Raume sehen konnte.

„Dieses Schwert ist ein Zeichen Gottes! Mit ihm werden wir morgen siegen. Macht euch dafür bereit!", rief Heinrich mit donnernder Stimme in den Saal hinein.

Die vielen, bisher eher bedrückt wirkenden, Kämpfer jubelten ihm daraufhin siegessicher zu.

Der König nahm einen Beutel vom Tisch und warf ihn Siegbert zu, der sich gerade erhoben hatte. Er fing die schwere Geldkatze auf und bedankte sich mit einer erneuten Verbeugung dafür.

Nachdem der König die Halle verlassen hatte, zählte Siegbert seine Schuld in die Hand des Freundes, der zu ihm an den Tisch getreten war. Doch danach blieb immer noch eine beachtliche Anzahl von Münzen bei ihm zurück.

Siegbert nickte Greta dankbar zu und gemeinsam verließen sie das Haus wieder über die Treppe.

Überall war schon Aufbruchsstimmung, Schwerter wurden geschliffen, Zaumzeug, Pferde und Kettenhemden kontrolliert.

Auf dem Weg, den sie gekommen waren, gingen sie zurück in die Vorburg, wo Siegbert an einem Schleifstein begann, seine Axt zu schärfen.

„Aber du musst nicht in den Kampf ziehen. Deine Aufgabe ist doch mit der Übergabe des Schwertes abgeschlossen!", bemerkte Karl, der zu ihm trat.

„Nein! Auch ich muss meinen Anteil leisten, damit unsere Kinder in Frieden leben können! Ohne die Gefahr dieser ständigen Überfälle!", entgegnete Siegbert entschlossen.

Karl nickte ihm zu und legte ihm die Hand auf die Schulter.

Greta griff sich bei diesen Worten ihres Mannes ihren Bogen und einen Arm voller Pfeile.

Ihr Mann schaute sie fragend von der Seite aus an und sie antwortete ihm: „Meine Großmutter hat mir erzählt, dass die Frauen unseres Stammes früher an der Seite ihrer Männer gekämpft haben. Ich will das auch! Wenn du in die Schlacht ziehst, so bleibe ich im Gefecht bei dir!"

Siegbert nickte und sagte nichts dazu, denn er wusste, dass Greta alles vollbrachte, was sie sich erst einmal in den Kopf gesetzt hatte. Er würde sie unmöglich von ihrer Entscheidung wieder abbringen können, daher ließ er seine Arbeit kurz ruhen und stellte einen Strohballen etwa zwanzig Schritte von ihr entfernt für sie als Ziel auf.

Greta spannte den Bogen und schoss den ersten Pfeil ab, der das Ziel allerdings um einige Pferdelängen verfehlte.

Karl begann ihr daraufhin das Schießen zu zeigen.

„Du musst dir schon vor dem Schuss vorstellen, wie dein Pfeil im Ziel steckt, dann lass die Sehne los und triff!", sagte der erfahrene Kämpfer.

Sie nahm den zweiten Pfeil, der schon näher an das Ziel heranflog, doch erst nach etwa zwei Dutzend Pfeilen hatte sie es begriffen und von da an traf jedes Geschoss das mannsgroße Ziel.

Siegbert, der ihr die ganze Zeit zugesehen hatte, war sehr stolz auf seine Frau.

Als die Abenddämmerung hereinbrach, suchten sie sich ein Nachtlager in einem der Gesindehäuser der Vorburg und auch ein reichliches Abendmahl im Schein der Talglichter gab es dort.

In dieser Nacht konnten sie jedoch beide nicht gut einschlafen, denn was würde am nächsten Tag passieren?

Und würden sie am folgenden Abend noch leben?

Greta kuschelte sich an ihren Mann, der sie schützend in den Arm nahm. An seiner Seite war sie sicher!

Und unter Gottes Schutz, dessen Zeichen sie um den Hals trug!

22. Kapitel
Zum Sieg geführt

Bereits weit vor dem Sonnenaufgang war Greta aufgestanden und hatte den Schlafraum verlassen, in dem sie mit ihrem Mann und anderen, ihr völlig fremden, Menschen geschlafen hatte.

Mit den Pfeilen im Arm saß sie unmittelbar darauf im Dämmerlicht auf einer Bank vor dem Haus und horchte in die soeben endende Nacht hinein. Die Tiere aus dem Stall nebenan waren zu hören und leises Schnarchen aus der Hütte hinter ihr, sonst war noch überall Ruhe.

Sie zog einen der Pfeile aus dem Köcher und strich über dessen Spitze. Es waren ungarische Geschosse und sie hatten eine große, schwere und kräftige Spitze mit Widerhaken. Tödlich waren sie und dafür geschaffen, um Kettenhemden zu durchschlagen und den größtmöglichen Schaden anzurichten.

Nicht so, wie die kleinen sächsischen Spitzen, die nur für die Jagd oder gegen ungepanzerte Ziele verwendet werden konnten.

In der Schlacht konnte man sie beliebig oft verwenden und vermutlich wechselte solch ein Pfeil in einer Schlacht öfters die Seiten.

Doch diese ungarischen Geschosse steckten nach einem Treffer fest und behinderten den Getroffenen, selbst wenn er dadurch nur verletzt war, oder der Pfeil bloß im Schild stecken geblieben war.

Sorgsam legte sie die Pfeile zurück auf die Bank und erhob sich von ihrem Platz, langsam schlich sie zurück und holte ihren Beutel aus dem Haus, ohne die Schläfer dabei zu wecken.

Im Schein des Mondes ging sie zum Brunnen und holte sich einen Eimer mit Wasser nach oben. Das Quietschen der Seilwinde hörte niemand, denn dazu schliefen alle noch zu fest.

Neben dem Brunnen streifte sie sich das Kleid vom Leib, seifte sich gründlich ab und löste danach ihren Zopf auf. Sie kniete sich vor den Eimer, wusch sich darin das flammend rote Haar und trocknete es sich anschließend mit einem leinenen Tuch gründlich ab.

Nur im Unterkleid stand sie neben dem Brunnen und versuchte die lockige Mähne mit einem Kamm zu bändigen, denn sie hatte beschlossen, an diesem Tag des Kampfes ihr langes Haar offen in der Schlacht zu tragen, nur mit einem Haarband in den Farben ihrer Sippe fixiert, denn so hatte es ihr die Großmutter einst erzählt.

Es dauerte eine geraume Weile, bis sie ihre Frisur geordnet hatte und schon bemerkte sie den hellen Streifen am östlichen Nachthimmel. Die ersten Sonnenstrahlen fielen auf ihr Haar und ließen es wie Feuer aufleuchten.

Greta richtete ihren Blick zum Horizont, der Himmel war rot wie Blut und sie nahm das als Fanal für ihren Sieg über den räuberischen Feind. Gott würde ihnen den Sieg bringen. Mit dem gesegneten Schwert war es unmöglich, diese Schlacht zu verlieren!

Mit dem Kreuz um ihren Hals in der Hand betete sie ein Vater-Unser für deren erfolgreiches Gelingen! Und für ihrer beider Seelenheil!

Die Angst der Finsternis war jetzt vollkommen aus ihren Gedanken verschwunden, denn Gott war momentan bei ihr!

Sie beschloss ebenfalls, das Kleid zu tragen, das sie sich selbst gekürzt hatte, denn so würde sie sich im Kampf besser bewegen können.

Mit dem ersten Hahnenschrei kam Bewegung in die Königspfalz.

Sorgsam befestigte sie sich an ihrem linken Unterarm den Lederschutz, den ihr Karl gegeben hatte, und der ihren Arm vor der zurückschnellenden Bogensehne schützen sollte. Mit den Zähnen zog sie sich die Schnur fest.

Greta lief zurück zur Bank und nahm die Pfeile sowie den Bogen auf.

Jetzt war sie bereit, um zu kämpfen, zu siegen und wenn nötig eventuell dabei zu sterben.

Siegbert trat vor das Haus und begrüßte sie mit einem Kuss, dann ging auch er zum Brunnen und wusch sich dort mit freiem Oberkörper.

Wenig später stand er ebenfalls bewaffnet und bereit neben ihr.

Immer mehr Menschen versammelten sich um sie herum und im Schein der Morgensonne bewegten sich dann alle zu einer freien Fläche in der Vorburg.

Der König und ein Priester standen dort auf einem erhöhten Platz und führten einen Fürbittgottesdienst durch.

Zum Schluss dieser feierlichen Andacht trat der König vor, hielt das Schwert hoch, damit jeder die drei Kreuze auf dessen Klinge sehen konnte, und sagte mit lauter Stimme: „Mit diesem Zeichen Gottes werden wir heute siegen. Diejenigen aber, die heute sterben werden, die werden sofort in das himmlische Paradies eintreten. Gott, in deine Hände übergeben wir unsere Seele."

„Amen!", riefen alle Anwesenden und jubelten dem König zu, der durch die Reihen der Kämpfer schritt.

Nach dem Gottesdienst wimmelten alle durcheinander, jeder suchte seine Waffen, seine Ausrüstung, sein Pferd.

Immer mehr Kämpfer versammelten sich danach wieder auf der Freifläche.

Der König, jetzt im Kettenhemd und mit einem Helm auf dem Kopf, betrat den Platz, ein Zackenkranz an seinem Helm sollte seine Krone symbolisieren.

Auch Karl stand mit Kettenhemd, Schild, Schwert und Lanze dort. Den Helm hatte er noch in der Hand und so trat er an Siegbert heran, der nur seine normale Kleidung trug.

Mit einem Handschlag wünschten sie sich Glück.

An Siegberts Seite war der Sax am Gürtel befestigt und die gewaltige Streitaxt, die sicher fast zwanzig Pfund wog, sah in seinen Händen dennoch eher wie ein Spielzeug aus.

Greta brachte die zwei Pferde vom Stall und hielt die Zügel von einem davon ihrem Mann hin. An ihrer Fuchsstute hatte sie bereits einen Köcher mit ungefähr zwei Dutzend Pfeilen festgemacht.

Mit dem Bogen in der Hand schwang sie sich behände auf den Rücken ihres Reittieres.

Unzählige Kämpfer strömten jetzt zum Tor, mit oder ohne Pferd, mit oder ohne kostbarer Ausrüstung, Bauern oder Reiter, aber alle waren wild entschlossen, in diesem Kampf zu siegen!

Auch das Banner des Königs war zu sehen und als das Tor sich öffnete, stürmten sie jubelnd dem Feind entgegen.

Gegenwärtig mussten sie die Ungarn nur zum Nahkampf stellen, denn auf große Entfernung waren die schnellen ungarischen Reiter mit ihren Pfeilen im Vorteil, aber im Kampf Mann gegen Mann waren die sächsischen Kämpfer und die Panzerreiter des Königs unbezwingbar!

Waren die Ungarn so unvorsichtig oder siegessicher, dass sie in die Falle gingen?

Gott schien wirklich auf ihrer Seite zu sein, denn schon bald war der Feind nahe eines Dörfchens gefunden und augenblicklich stürmten alle aufeinander los.

Heinrich hatte an den Flanken besonders viele Reiter aufgestellt, diese umgingen die Feinde und verhinderten dadurch das Lösen der Ungarn aus dem Nahkampf.

Die Falle war zugeschnappt und so festgehalten brandete der Kampf unerbittlich auf kürzester Entfernung hin und her.

Greta schoss ihre Pfeile oft nur auf eine Armlänge Abstand ab, dann hob sie ein ungarisches Schwert auf, das vor ihren Füßen lag, und hieb damit einfach beidhändig um sich, ohne groß darüber nachzudenken, wenn sie dabei traf.

Mehr als einmal schlug sie allerdings auch auf ein sächsisches Kettenhemd, auf dem sie natürlich mit der leichten Waffe keinen Schaden anrichten konnte.

Ihr rotes Haar wehte im Wind, sie schrie und tobte wie eine Walküre aus Großmutters Erzählungen und immer verbissener raufte sie mit dem Feind.

Genauso entschlossen kämpfte auch Siegbert mit seiner Streitaxt.

Schließlich sah er einen besonders gut gekleideten Feind, er warf seine Axt, traf damit aber nur einen davor reitenden Ungarn, dessen Pferd dabei scheute und dadurch die beiden Männer zu Boden riss, danach stürzte es, weil sein Reiter es im Sturz mit dem Schwert getroffen hatte, und begrub daraufhin den Mann zur Hälfte unter sich.

Mit einem Satz war Siegbert bei dem Mann und hielt ihm den Sax an den Hals.

In wilder Flucht verschwanden daraufhin die meisten ungarischen Kämpfer, die gesehen hatten, dass ihr Anführer gefangen war, verfolgt von den sächsischen Panzerreitern.

Sie zogen den ungarischen Anführer unter dem Pferd hervor und zerrten ihn zu ihrem König.

Der Kampf war aus! Greta und Siegbert waren unverletzt geblieben und fielen sich um den Hals.

Rings um sie herum lagen tote oder sterbend Menschen. Die anderen sächsischen Kämpfer verfolgten immer noch die in panischer Flucht dahinjagenden ungarischen Reiter.

23. Kapitel
Ein königliches Privileg

Auch Karl war unverletzt geblieben. Er hatte mit den anderen Reitern die fliehenden Feinde verfolgt und war später wieder bei Siegbert und Greta eingetroffen, die immer noch, zusammen mit den anderen Bauern, auf dem Schlachtfeld standen.

Gemeinsam zogen sie, wie im Triumph, zurück zur Pfalz, in der während dieser Schlacht nur eine kleine Wache zurückgeblieben war.

Der König führte diesen Zug an und hielt dabei das blutverschmierte Schwert zum Zeichen des Sieges hoch über seinem Kopf.

Alle wuschen sich danach den Schmutz des Kampfes vom Körper und zogen ihre schönsten Gewänder an.

Hand in Hand gingen Greta und Siegbert zu der Stelle in der Vorburg, an der sie am Morgen den Gottesdienst abgehalten hatten. Dort standen jetzt Tische und Bänke.

Für den Abend wurde in der Pfalz eine große Siegesfeier vorbereitet. Der Bratenduft zog bereits durch die Gebäude und alle sahen sich den geschlachteten Ochsen an, der über dem Feuer am Spieß gedreht wurde.

Offensichtlich hatte man damit schon während der Schlacht begonnen, so siegessicher waren die Kämpfer und Mägde gewesen.

An langen Tischen im Vorhof saßen wenig später alle Männer beieinander und tafelten. Viele Kämpfer waren in der Schlacht gefallen, nur etwa die Hälfte der Gefährten, die am Morgen im Vorhof beim Gottesdienst angetreten waren, war noch am Leben und viele davon verletzt.

Die in dem Gefecht gefallenen Krieger würde man am nächsten Tag beerdigen, aber an diesem Abend war es Zeit, den Sieg gebührend zu feiern.

Nur einer der Ungarn war gefangen genommen worden, alle anderen, die ihnen in die Hände gefallen waren, hatten sie niedergemacht.

Auch diese würde man am nächsten Tag unter die Erde bringen, aber nicht in geweihtem Boden, sondern auf irgendeiner Wiese außerhalb der Königspfalz.

Der König brachte einen Trinkspruch aus und alle feierten mit ihm den Triumph.

Greta war eine der wenigen Frauen, die gekämpft hatten und die daher jetzt, neben ihrem Mann, an der Tafel zwischen den Kämpfern sitzen durfte.

Sehr lange ging diese Feier, zum Schluss sogar im Dunklen, mit Fackeln und Feuerschalen rings um sie herum.

Erst spät in der Nacht kamen sie in ihr Bett und schliefen, während die Mägde der Pfalz noch den Platz aufräumten.

Am nächsten Morgen wollte Greta das Kleid, in dem sie am Vortag gekämpft hatte, in ihren Beutel packen, doch es fühlte sich starr an.

Am Abend zuvor hatte sie auf dem braunen Kleid gar nicht bemerkt, dass es mit Blut durchtränkt gewesen war. Jetzt war das Blut geronnen und hatte das Gewebe völlig verfilzt.

Das Kleidungsstück war nicht mehr zu retten und Greta warf es daher in eines der Feuer, die in der Vorburg angezündet worden waren.

Wieder gab es einen Gottesdienst, doch diesmal als Dank- und Totengebet.

Ein paar der höheren Toten wurden in der Kirche der Pfalz bestattet, einige für ihren Transport zu ihren Heimatburgen vorbereitet und andere einfach auf dem Friedhof hinter der Kapelle bestattet.

Je nachdem wie hoch ihre Stellung im Leben gewesen war, aber allen wurde an diesem Tag gedacht.

Feierliche Lieder wurden angestimmt und die Glocken der Pfalz läuteten zum Dank.

Nach den Toten wurde den überlebenden Kämpfern gedankt und auch Siegbert erhielt eine Ehrung. Er bekam ein Schriftstück, mit dem er ein Stück Land mit Haus und Vieh einfordern konnte, das ihm gehörte und welches er auch vererben durfte. Er war deswegen nur noch dem König und der Kirche seinen Tribut pflichtig.

Damit war er ein Freibauer und zusätzlich erhielt er das Privileg, Schwerter für den König und seinen Hof zu schmieden.

Mit einer tiefen Verbeugung bedankte sich Siegbert für diese Vorrechte, setzte sich still in eine Ecke und las das Schriftstück noch einmal durch. Er war vermutlich einer der wenigen hier, die überhaupt lesen konnten, aber schon alleine das große Siegel des Königs machte einen gewaltigen Eindruck.

Später brachte ihm Karl ein Kettenhemd, in dem zwar ein Loch von einem Pfeil zu sehen war, und schenkte es ihm, aber als Schmied wusste er ja, wie man es reparieren konnte.

Mit dem Schriftstück in der Hand dachte Siegbert schließlich nach.

Sollte er wieder in die Stadt zurückgehen? Aber dann würde er sein Land nicht annehmen können.

Doch wohin sollte er sich jetzt wenden?

Wo und von wem sein Land einfordern?

Karl erzählte ihm, dass er im Osten des Landes auf einer Burg an einem Fluss im Auftrage des Königs von jetzt an Dienst tun werde. Dieser ferne Ort hieß nach seinen Worten Meideborg[4].

Vielleicht war das ja auch etwas für ihn?

Möglicherweise konnte er auch in der Nähe dieser Burg siedeln.

Noch am selben Tag wollte Karl aufbrechen und die beiden Männer verabschiedeten sich mit einem Handschlag.

Siegbert und Greta blieben noch eine geraume Weile in der Pfalz und erfuhren so, dass der von ihnen gefangene Anführer ein hoher

---

[4] Meideborg ist das heutige Magdeburg an der Elbe

Fürst gewesen war, der im Gegenzug für seine Freilassung und einer jährliche Tributzahlung durch König Heinrich an den ungarischen König ihnen einen Friedensvertrag zugebilligt hatte.

Er hatte diesem Friedensschluss wohl nur zähneknirschend zugestimmt, aber durch sein Wort waren sie von jetzt an in den Landen des ostfränkischen Reiches vor den Überfällen sicher.

Schließlich brachen sie auf und ritten in den Ort zurück, in dem Reinhold und Gretas Eltern sicherlich schon auf sie warten würden.

Das wertvolle königliche Schriftstück hatte Siegbert dabei sicher in seiner Tasche verwahrt.

Sie brauchten vermutlich eine Woche bis sie wieder in der Stadt sein würden und in dieser Zeit redeten sie viel darüber, wo ihr neuer Platz zum Leben sein würde.

Gemeinsam im Schritt nebeneinander gingen die Pferde durch den dichten Wald, Nachts blieben sie in kleinen Schänken oder Rasthäusern und meist musste Siegbert noch nicht einmal etwas für die Übernachtung und das Essen bezahlen, denn wenn er oder Greta die Geschichte vom Kampf erzählt hatten, waren alle froh, dass die Ungarn fortan nicht mehr raubend und mordend durch die Wälder streiften.

Doch ihr neuer Aufenthaltsort war auch weiterhin unklar.

Bis zum Ende der Reise waren sie sich nicht einig, doch als sie das heimatliche Tor endlich vor sich sahen, stimmte schließlich auch Greta ein, mit ihm in den Osten zu gehen und sich dort einen Platz in der Nähe von Karls Burg zu suchen.

Unterwegs hatte Siegbert auf einem Markt von einer der Münzen des Königs ein neues Kleid für seine Frau gekauft, das diese vor der Stadt noch schnell anzog.

Nebeneinander gingen sie, die beiden Pferde am Zügel hinter sich her ziehend, durch das Tor in die Stadt hinein.

Dort gab es für sie auch weiter eine Menge zu erzählen, denn ein jeder in der Stadt wollte ihre Geschichte hören und so mussten sie diese ein paar dutzend Mal jeden Tag erzählen.

24. Kapitel
Im Dunkel der Nacht

ischend fiel der gerade fertig geschmiedete Nagel in den mit Wasser gefüllten Holzeimer. Siegbert schaute auf und wischte sich den Schweiß mit dem Handrücken von der Stirn.

An der Tür zur Schmiede stand Greta, mit ihrem Sohn Berthold, der noch kein halbes Jahr alt war, auf dem Arm.

Seit jener so schicksalshaften Schlacht wohnten sie jetzt in diesem Dorf, in welchem Siegbert auch als Dorfschmied arbeitete. Das waren mittlerweile bereits über drei Jahre!

Er legte den Hammer zur Seite und ging zu seiner Frau hinüber.

Zuerst streichelte er seinen Sohn, dann küsste er seine Frau.

Zusammen gingen sie über den Hof zu dem kleinen Haus hinüber und es waren nur etwa zwanzig Schritte, bis dorthin, wo auch Siegberts Bruder mit seiner Frau jetzt wohnte.

Die Schmiede, der Stall mit den vier Kühen und das kleine, mit Schilf gedeckte Haus, standen auf seinem Grund und Boden, und das alles hier hatte er dem königlichen Privileg zu verdanken, welches König Heinrich ihm mit seinem Schreiben gegeben hatte.

Rings um das Dorf war eine mannshohe Hecke gezogen, etwa ein Dutzend Hütten und viele Ställe standen darin.

Sie hatten zwar den Schutz der Stadt und ihrer Palisade gegen diese Hecke und die Stärke ihrer Arme eingetauscht, aber sie waren damit zufrieden.

Siegbert blickte zu dem Bergrücken weit am Horizont, hinter dem einst sein Heimatort gewesen war. Dort war seine Vergangenheit geblieben, hier hatte er die Gegenwart und er lauschte in den Wind des frühen Abends.

Schließlich schaute er nach Osten. Hier an der östlichen Grenze hatte König Heinrich besonders viele Menschen angesiedelt, denn sie sollten diese Grenzlinie schützen.

Als freie Bauern mussten sie dem König zu jeder Zeit bewaffnet zur Verfügung stehen und das war ihr Teil der Abmachung dafür, dass sie nur dem König unterstellt waren und nur ihm Abgaben bringen mussten.

Peter, Siegberts jüngerer Bruder, kam gerade aus dem Stall und trat vor dessen Tür. Er war ihm im letzten Herbst mit seiner Frau gefolgt, denn hier waren sie frei und es blieb ihnen viel mehr von den Erträgen ihres Ackers übrig, als es zuvor in ihrem alten Dorf jemals gewesen war.

Und die Felder hier waren auch noch äußerst fruchtbar und gut!

Anders als Siegbert besaß Peter zwar kein königliches Land, doch sie bewirtschafteten den Hof gemeinsam.

Sie gingen in die längliche Lehmhütte und setzten sich alle gemeinsam an den Tisch in der Küche, auf dem die Frauen des Hauses schon das Essen aufgestellt hatten.

Es gab den üblichen Getreidebrei, so wie es ihn an diesem Abend wohl in allen sächsischen Hütten gab und dazu auch noch wohlschmeckendes Gemüse aus dem Garten hinter der Hütte. Nur die Reichen in den Burgen und Kirchen lebten besser, bei denen gab es oft Fleisch, bei den Bauern kaum einmal.

„Heute ist wieder Vollmond"; bemerkte Greta, als sie Siegberts Schüssel füllte.

Er nickte und langte kräftig zu, denn die schwere Arbeit hatte ihn hungrig gemacht.

Nach dem Essen übergab Greta ihren Sohn an die Schwägerin und ging danach mit ihrem Mann in die Schmiede. Mit ein paar Eisenstücken setzten sie sich auf die Schwelle der Werkstatttür und warteten auf den Mond.

Wie viele Schwerter hatte er in diesen Jahren hier wohl schon geschmiedet? Es waren schon ein paar und seine nächste Waffe würde für Karl sein. Ein besonders kostbarer Dolch sollte es werden, als Dank für den Freund, denn oft war Karl, der in der Burg am Fluss

114

nicht weit von ihnen entfernt lebte, zu Besuch bei ihnen und half ihnen auch.

Schweigend saßen sie da und schauten nach oben.

Die Dämmerung war schon lange über sie herab gesunken und sie wurden durch das Schmiedefeuer von hinten beleuchtet, der Nachtwind säuselte im Stroh des Daches über ihnen.

Alles war ruhig um sie herum und der Frieden mit den Ungarn hielt!

Siegbert ließ abermals seinen Blick über sein kleines Reich schweifen. Er hatte das Haus extra am Rande des Dorfes errichtet, wodurch sie hier ungestört bei ihrer Tätigkeit sein konnten.

Als der Mond aufging und das Dorf mit seinem silbernen Licht aus dem Dunkel der Nacht holte, erhob sich Siegbert und sagte: „Es ist so weit, wir können mit unserem Werk beginnen. Zur Ehre Gottes und der alten Geister!"

Greta nickte ihm zu.

Sie betraten die Werkstatt, zusammen führten sie ihr altes Ritual durch und die Hammerschläge hallten durch das nächtliche Dorf.

Nach einer geraumen Weile und vielen Schlägen beendete er seine Arbeit, legte das Eisen auf den Amboss und den Hammer dazu.

Für heute war es genug gewesen, doch genau das hier wollte er schon immer machen und er dankte seiner Frau mit einem Kuss dafür, dass sie an seiner Seite war.

Glücklich gingen sie Hand in Hand zu ihrer Hütte hinüber.

ENDE

Nachtrag:

Nach der Gefangennahme des ungarischen Fürsten bei Werla im Jahre 926 herrschte fortan Ruhe in den Grenzregionen des ostfränkischen Reiches. Der von Heinrich mit den Feind, als Austausch für dessen Freilassung, ausgehandelte neunjährige Waffenstillstand gab dem König die dringend nötige Verschnaufpause.

Er nutzte diesen ausgehandelten Frieden mit den Ungarn, um die Burgen an den östlichen Grenzen seines Landes zu befestigen, die Verteidigung des Reiches zu stärken und Männer auszubilden, sowie zu bewaffnen.

Drei Jahre nach dem Ende dieser Geschichte war er dann im Jahre 932 so stark, dass er einseitig diesen Vertrag brechen konnte, als er die ungarischen Gesandten brüskierte, indem er sie ohne die fällige jährliche Tributzahlung nach Hause schickte.

Das demzufolge im Frühjahr des darauffolgenden Jahres zwangsläufig ihm zur Bestrafung entgegeneilende ungarische Heer konnte er am 16. März 933 bei Merseburg stellen und die zahlenmäßig überlegenen Ungarn mit seinem Heer aus Bayern, Schwaben, Franken, Lothringer, Sachsen und Thüringer zerschlagen.

Damit blieben die Raubzüge der Ungarn zwar auch weiterhin aus, die Gefahr im Osten blieb aber dennoch immer präsent.

Erst Heinrichs Sohn, Kaisers Otto der Große, konnte den Feind dann im Jahr 955 zur eigentlichen Entscheidungsschlacht auf dem Lechfeld zwingen.

Heinrichs Verdienst war es jedoch, dass er den zuvor eher losen Stammesverband unter seiner Macht und Führung festigen und einen konnte. Er wurde damit zum Begründer dessen, was später das Heilige römische Reich deutscher Nation wurde.

Zeitliche Einordnung der Handlung:

5800 Steinzeit

- Anfang des Buches „**Schicha und der Clan des Bären**"

- Ende des Buches „**Schicha und der Clan des Bären**"

5500 Steinzeit

2200 Beginn der Bronzezeit

1200 Beginn der Eisenzeit

800 –

800 Beginn des allmählichen Niederganges der Bronzezeit

800 Erste Anfänge und Städtebildungen der etruskischen Kultur

750 Aufstieg der Etrusker zur Seemacht

700 –

600 –

600 Blütezeit der Bronzekunst der Etrusker im orientalischen Stil

570 Amasis wird ägyptischer Pharao

555 Anfang des Buches „**Auf Bärenspuren**"

551 Ende des Buches „**Auf Bärenspuren**"

550 Koalition der Etrusker mit Karthago gegen Griechenland

540 Sieg der Etrusker zur See gegen die Griechen bei Alalia

524 etruskische Niederlage bei Kyme gegen die Griechen

500 –

500 Blüte der etruskischen Stadt Capua

400 –

387 die Kelten fallen in Rom ein

300 –

218 der karthagische Feldherr Hannibal überquert die Alpen

200 –

100 –

73 Flucht von Spartacus aus der Gladiatorenschule in Capua

71 Tod von Spartacus und Ende des Sklavenaufstandes

55 Expedition Caesars nach Britannien

44, 15. März, Kaiser Caesar wird in Rom ermordet

37 Anfang des Buches „**Das siebente Mädchen**"

15 Der römische Feldherr Drusus zieht mit seinem Heer über die Pässe der Alpen und dringt in das Gebiet der Kelten des Voralpenlandes ein

11 Drusus dringt, im Rahmen der römischen Feldzüge, bis in das Stammesgebiet der Cherusker vor

118

11 in der Schlacht bei Arbalo kämpften verbündete germanische Stämme gegen die Römer unter Drusus

10 Ende des Buches „**Das siebente Mädchen**"

0 –

0 Anfang des Buches „**Die Rache der Barbarin**"

9 Niederlage des Feldherrn Varus gegen die Cherusker unter Arminius

10 Ende des Buches „**Die Rache der Barbarin**"

34 Anfang des Buches „**Das Schwert des Gladiators**"

43 Beginn der Eroberung Südbritanniens

50 Colonia (heute Köln) wird zur Stadt erhoben

54 Nero wird römischer Kaiser

54 Anfang des Buches „**Die römische Münze**"

56 Ende des Buches „**Das Schwert des Gladiators**"

57 Anfang des Buches „**Die Tochter aus dem Wald**"

58 große Teile der Stadt Colonia brennen nieder

64 Brand Roms und daraufhin erste Christenverfolgung

68 Anfang des Buches „**Im Schatten des Feuerberges**"

68 Aufstände in Gallien und Spanien

68 Selbstmord Kaiser Neros

68 die Bataver, ein germanischer Stamm, erheben sich und belagern Colonia

69, im Herbst, erneuter Aufstand der Bataver gegen die römische Herrschaft in Niedergermanien

70, im Herbst, Niederschlagung des Bataveraufstandes

70 die Stadt Colonia erhält eine acht Meter hohe Stadtmauer

75 Ende des Buches „**Die römische Münze**"

75 Ende des Buches „**Die Tochter aus dem Wald**"

79, Herbst, Ausbruch des Vesuvs und Untergang Pompejis und Herculaneums

80 Einweihung des Kolosseums in Rom

85 wird Colonia die Hauptstadt der römischen Provinz Germania inferior

85 Ende des Buches „**Im Schatten des Feuerberges**"

98 Trajan wird römischer Kaiser

100 –

161 Marc Aurel wird römischer Kaiser

200 –

300 –

306 Konstantin der Große wird römischer Kaiser

324 Konstantin bekennt sich zum Christentum und macht diese zur Staatsreligion

375 die Hunnen unterwerfen die Alanen und die Goten oder vertreiben diese aus ihren Siedlungsräumen

376 Anfang des Buches „**Sturm über den Stämmen**"

376 Flucht der Donaugoten vor den Hunnen und teilweise Aufnahme der Goten in das römische Reich

384 Ende des Buches **„Sturm über den Stämmen"**

400 –

406 Rheinübergang der Vandalen und Einfall in das römische Reich

407 die Vandalen und andere germanische Stämme ziehen plündernd durch Gallien

409 Weiterzug der Vandalen und Alanen nach Spanien

410, Ende August, Eroberung Roms durch die Westgoten

429 die Vandalen und Alanen setzen unter Geiserich von Spanien nach Afrika über

439 die Stadt Karthago fällt an die Vandalen

440 angelsächsische Söldner rebellieren in Britannien gegen König Vortigern

451 Feldzug des Hunnen Attila nach Gallien

452 die Hunnen fallen in Italien ein, ziehen sich aber bald wieder zurück

453 nach Attilas Tod zerbricht das Hunnenreich

455 Plünderung Roms durch die Vandalen unter Geiserich

500 –

590 Æthelberth, König von Kent, überfällt Wessex

597 Bischof Augustinus landet in Kent

597 Anfang des Buches **„An fremder Küste"**

598 Ende des Buches **„An fremder Küste"**

600 –

601 Augustinus wird zum Erzbischof von Cantwaraburg (dem heutigen Canterbury) geweiht

700 –

764 Anfang des Buches **„In den finsteren Wäldern Sachsens"**

772, im Sommer, Zerstörung der Irminsul

772 Anfang der Sachsenkriege Karls des Großen

782 Blutgericht von Verden (Aller)

783, im Sommer, Gefechte mit Beteiligung sächsischer Frauen

785 Taufe Widukinds in der Königspfalz Attigny

787 die ersten Überfälle der Nordmänner auf Westeuropa finden statt

790 Überfälle der Nordmänner auf Schottland und Irland

792 letzte größere Erhebungen der Sachsen gegen die Franken

792 Zwangsdeportationen der Sachsen und Neuvergabe von sächsischem Land an fränkische Siedler

793 Überfall und Plünderung des Klosters Lindisfarne durch Nordmänner

795 Überfall von Wikingern auf das Kloster Iona in Irland

799 Beginn der Wikingerüberfälle auf das Frankenreich

796 Karls Belehrung durch seinen Berater Alkuin

797 mit dem Capitulare Saxonicum wurden die Sondergesetze gegen die Sachsen gelockert

800 –

800 Kaiserkrönung Karls des Großen

800 König Godfred von Dänemark gerät in kriegerische Konflikte mit Karl dem Großen

800 erste nordische Siedler treffen auf den Färöern und auf Island ein

800 unzählige Angriffe der Nordmänner auf die sächsischen Küsten

802 das sächsische Volksrecht (Lex Saxonum) wird verabschiedet

802 Ende des Buches **„In den finsteren Wäldern Sachsens"**

804 Ende der Sachsenkriege

805 Anfang des Buches **„Westwärts auf Drachenbooten"**

810 dänische Wikinger greifen wiederholt die friesische Küste an

814 Tod Karls des Großen

825 Ende des Buches **„Westwärts auf Drachenbooten"**

840 erste Überwinterung der Wikinger im Frankenreich

840 norwegische Nordmänner überfallen Irland und gründen Dublin

844 Überfälle der Nordmänner auf Spanien

845 Plünderungen von Hamburg und Paris durch die Wikinger

858 schwedische Wikinger gründen Kiew

889 Wanzleben wird erstmals als Haufendorf erwähnt

900 –

905 Anfang des Buches **„Der Schmied des Königs"**

918 Herzog Heinrich von Sachsen wird König des Ostfränkischen Reiches

926 König Heinrich handelt mit den Ungarn einen langjährigen Waffenstillstand für Sachsen aus

929 Ende des Buches **„Der Schmied des Königs"**

933, 16. März, Heinrich I. stellt und schlägt ein ungarisches Heer bei Merseburg

936 Heinrich I. stirbt in der Pfalz Memleben

937 Otto I. der Große, gründete das St.-Mauritius-Kloster in Magdeburg

938 die Ungarn ziehen erneut gegen die Sachsen

952 Anfang des Buches **„Der Gefolgsmann des Königs"**

955, 10. August, Schlacht gegen die Ungarn auf dem Lechfeld bei Augsburg

955 Otto beginnt einen großen Neubau des Doms zu Magdeburg

962, 2. Februar, Krönung Ottos zum Kaiser

968 Beginn des Baues der Burg Wanzleben

980 Ende des Buches **„Der Gefolgsmann des Königs"**

1000 –

1100 –

1142 Heinrich der Löwe wird Herzog von Sachsen

1143 Gründung Lübecks, der ersten deutschen Ostseestadt

1147 Anfang des Buches **„Im Zeichen des Löwen"**

1147 Wendenkreuzzug, dauert als Kreuzzug drei Monate

1152 Königskrönung von Friedrich Barbarossa in Aachen

1155 Kaiserkrönung Friedrich Barbarossas in Rom

1156 Besiedlungszug in Lommatzsch

1157 Gründung des deutschen Kaufmannsbundes

1159 Wiederaufbau Lübecks

1160 Anfang des Buches „**Kaperfahrt gegen die Hanse**"

1160 der slawische Burgwall Dobin, liegt am Schweriner See, wird zerstört

1160 Lübeck erhält das Soester Stadtrecht

1160 Gründung der Kaufmannshanse

1161 Vermittlung eines Handelsprivilegs an die Stadt Lübeck durch Heinrich den Löwen

1161 Gründung der Gotländischen Genossenschaft, als Vorstufe der Hanse

1162 Kloster Altzella, bei Nossen, wird gegründet

1163 Ende des Buches „**Im Zeichen des Löwen**"

1180 Heinrich verliert das Herzogtum Sachsen

1200 –

1200 Gründung des Petershofs in Nowgorod als Außenstelle der Hanse

1200 Ende des Buches „**Kaperfahrt gegen die Hanse**"

1210 Anfang des Buches „**Die Sklavin des Sarazenen**"

1212 Kinderkreuzzug mit Ziel Jerusalem

1212 Friedrich II. wird König

1217 Beginn des fünften Kreuzzuges, Kreuzzug nach Damiette in Ägypten

1220 Ende des Buches „**Die Sklavin des Sarazenen**"

1221 Ende des Kreuzzuges von Damiette in Ägypten

1250 Anfang der Blütezeit der Städtehanse

1300 –

1307, September, Anfang des Buches „**Die Braut des Templers**"

1307, 14. September, Geheimer Befehl Philipps IV. zur Verhaftung der Templer

1307, 13. Oktober, der „schwarze Freitag", Gefangennahme aller Templer in Frankreich

1307, 25. Oktober, Geständnis von Jacques de Molay

1307, 22. November, Papst Clemens V. zieht das Verfahren gegen die Templer an sich

1307, 24. Dezember, Jacques de Molay widerruft sein Geständnis

1308, 2. Oktober, Ende des Buches „**Die Braut des Templers**"

1309, im März, Papst Clemens V. bestimmt Avignon zum neuen Sitz der Päpste

1310, 12. Mai, Verbrennung von 54 Tempelrittern bei Paris

1311, 16. Oktober, Eröffnung des Konzils von Vienne

1312. 22. März bis 3. April, Aufhebung des Templerordens durch Papst Clemens V.

1312, 2. Mai, Übertragung der Templergüter an die Johanniter

1314, 18. März, Jacques de Molay wird zusammen mit Geoffroy de Charnay auf dem Scheiterhaufen in Paris verbrannt

1314, 29. November, König Philipp IV. stirbt nach einem Jagdunfall

1315 Beginn einer Hungersnot, die als „Der große Hunger" in zwei Jahren mit sintflutartigen Regenfällen, sehr kalten Wintern und vielen Überschwemmungen Millionen Menschen in Europa dahinraffte

1321 Anfang des Buches „**Frauenwege und Hexenpfade**"

1337 der hundertjährige Krieg zwischen England und Frankreich beginnt

1337 Ende des Buches „**Frauenwege und Hexenpfade**"

1340 der englische König Eduard III. fällt mit seinem Heer in Frankreich ein

1342, im Juli, das Magdalenenhochwasser, eine verheerende Überschwemmungskatastrophe, lässt in Mitteleuropa zahlreiche Flüsse über die Ufer treten

1346 in der Schlacht von Crécy schlagen 8.000 englische Langbogenschützen die verbündeten europäischen und französischen Ritter vernichtend

1347 die Beulenpest erreicht die europäischen Häfen am Mittelmeer und breitete sich schnell überall aus

1348, 7. April, Gründung der Karls-Universität in Prag, der ersten mitteleuropäischen Universität

1349, 10. Januar, die Wormser Gemeinde der Juden wird blutig ausgelöscht

1349, 1. März, Pogrom gegen die Juden in Speyer

1349 Anfang des Buches „**Der schwarze Tod**"

1349, 24. Juli, in der Frankfurter „Judenschlacht" sterben fast alle Juden in Frankfurt am Main

1349, 23. August, die Juden von Mainz erheben sich gegen ihre Verfolger. Der Aufstand wird blutig niedergeschlagen und das Stadtviertel brennt ab. Zahlreiche Menschen kommen dabei ums Leben

1350 Ende des Buches „**Der schwarze Tod**"

1353 Giovanni Boccaccio schreibt sein Decamerone

1356 mit der goldenen Bulle wird erstmalig festgeschrieben, dass der deutsche König durch Mehrheitswahl von sieben Kurfürsten bestimmt wird

1400 –

1431, 30. Mai, Jeanne d'Arc, die Jungfrau von Orléans, stirbt in Rouen auf dem Scheiterhaufen

1434 Cosimo de Medici kehrt nach Florenz zurück und wird der mächtigste Bankier der Stadt

1440 Johannes Gutenberg erfindet den Buchdruck mit beweglichen Lettern

1442 Anfang des Buches „**Ein Jahr unter Gauklern**"

1443 Ende des Buches „**Ein Jahr unter Gauklern**"

1452, 15. April, Leonardo da Vinci wird in Anchiano bei Vinci geboren

1479 Anfang des Buches „**Nur ein Hexenleben ...**"

1482 Johann Tetzel beginnt sein Theologiestudium in Leipzig

1486 der Dominikaner Heinrich Kramer veröffentlicht sein Traktat „Der Hexenhammer", lateinisch „Malleus Maleficarum"

1487 Ende des Buches „**Nur ein Hexenleben ...**"

1487 Anfang des Buches „**Rosen hinter Burgmauern**"

1492 Christoph Kolumbus erreicht die großen Antillen und entdeckt damit Amerika

1498 Vasco da Gama erreicht an Bord seiner Nau auf dem Seeweg um Afrika herum Indien

1500 –

1504 Johann Tetzel beginnt seine Tätigkeit im Ablasshandel

1509 Ende des Buches „**Rosen hinter Burgmauern**"

1517 Anfang des Buches „**Die Bruderschaft des Regenbogens**"

1517, 31. Oktober, Luther verkündet seine Thesen in Wittenberg

1518 Müntzer und Luther sind in Wittenberg

1520 Müntzer predigt in Zwickau

1522 das „Neue Testament" erscheint auf Deutsch

1523, zu Ostern, Katharina von Boras Flucht aus dem Kloster

1524, im Sommer, Anfang des Buches **„Im Schatten des Regenbogens"**

1524 Bauern- und Handwerkeraufstände in Sachsen

1525, 3. bis 6. Mai, das Kloster und Reichsstift Walkenried wird von aufständischen Bauern geplündert und verwüstet

1525, 15. Mai, Schlacht bei Bad Frankenhausen

1525, 27. Mai, Müntzer wird in Mühlhausen enthauptet

1525, 27. Juni, Heirat Luthers mit Katharina von Bora

1525, im Dezember, das Kloster Buch wird geschlossen

1526, 29. April, Ende des Buches **„Im Schatten des Regenbogens"**

1526 Niederschlagung der letzten Bauernaufstände

1527 Ende des Buches **„Die Bruderschaft des Regenbogens"**

1530 Reichstag zu Augsburg beschließt die Duldung des evangelischen Glaubens

1534 die gesamte Bibel ist nun auf Deutsch lesbar

1600 –

1612 Anfang des Buches **„Im Feuersturm"**

1617, 13. September, ein Stadtbrand verwüstet weite Teile Tangermündes

1618, 23. Mai, Fenstersturz zu Prag

1618 Anfang des dreißigjährigen Krieges

1619, 22. März, Grete Minde stirbt in Tangermünde auf dem Scheiterhaufen

1619 Ende des Buches **„Im Feuersturm"**

1620, 08. November, Schlacht am Weißen Berg bei Prag

1630 Anfang des Buches **„Im Schein der Hexenfeuer"**

1631 Eintritt Sachsens in den dreißigjährigen Krieg

1631, 20. Mai, Verwüstung der Stadt Magdeburg durch kaiserliche Truppen

1631, 24. Mai, Anfang des Buches **„Das Versteck des Eremiten"**

1631 Anfang des Buches **„Die Räubermühle"**

1632 die Pest wütet in Sachsen

1632, 16. November, Schlacht bei Lützen

1634, 25. Februar, Albrecht von Wallenstein wird in Eger ermordet

1634 Ende des Buches **„Die Räubermühle"**

1639 schwedische Truppen brennen Dresden teilweise nieder

1641 nochmalige Zerstörung Dresdens durch die Schweden

1648 der „Westfälischer Friede" wird geschlossen

1648, 24. Oktober, Ende des dreißigjährigen Krieges

1649 Ende des Buches **„Das Versteck des Eremiten"**

1650 Ende des Buches **„Im Schein der Hexenfeuer"**

1683, 3. Mai, die osmanische Armee erreicht Belgrad

1683, 9. Juli, Anfang des Buches **„Ein Sommer unter der Mondsichel"**

1683, 14. Juli, die Osmanen beginnen die Belagerung Wiens

1683, 12. September, Schlacht am Kahlenberg und Sieg der kaiserlichen Truppen über die Osmanen

1683, 12. September, die Befreiung Wiens

1683, 1. November, Ende des Buches **„Ein Sommer unter der Mondsichel"**

1694 Friedrich August I. wird unerwartet neuer Herzog und Kurfürst von Sachsen

1697, 15. September, Friedrich August I. wird in Krakau zum polnischen König gekrönt

1700 –

1710 Anfang des Buches **„Anna und der Kurfürst"**

1712 Thomas Newcomen konstruiert die erste verwendbare Dampfmaschine

1715 Ende der „Kleinen Eiszeit", einer Periode relativ kühlen Klimas, mit besonders kalten Zeitabschnitten seit 1675

1715 Ende des Buches **„Anna und der Kurfürst"**

1756 bis 1763 der Siebenjährige Krieg tobt in Mitteleuropa

1776 Gründung der Vereinigten Staaten von Amerika mit der Unabhängigkeitserklärung

1789, 14. Juli, Beginn der Französischen Revolution in Paris

1793 Beginn des Interventionskriegs gegen Napoleon, an dem auch Sachsen teilnahm

1794 die Gesellen streiken in Dresden

1796 der Interventionskrieg endet mit einer Niederlage für die preußischen, österreichischen und sächsischen Verbündeten

1800 –

1800 Anfang des Buches **„Der russische Dolch"**

1806 Preußen und Russland verbünden sich gegen Napoleon. Sachsen schließt sich ihnen an

1806 Krieg der Verbündeten gegen Napoleon

1806, 14. Oktober, Schlacht bei Jena und Auerstedt, die Verbündeten werden von Napoleon vernichtend geschlagen

1806, 20. Dezember, das Kurfürstentum Sachsen tritt dem Rheinbund bei und wird durch Napoleon zum Königreich

1812 von Sachsen aus beginnt der Feldzug gegen Russland. Sachsen ist mit 21.000 Mann daran beteiligt

1812, 23. Juni, Napoleon überquert mit seinem Heer die Mehmel

1812, 17. August, Schlacht um Smolensk

1812, 7. September, Schlacht von Borodino

1812, 14. September, Napoleon rückt in Moskau ein

1812, 13. Oktober, Napoleon beschließt den Rückzug

1812, 3. November, Schlacht bei Wjasma.

1812, 26. bis 28. November, Schlacht an der Beresina

1812, 14. Dezember, Kaiser Napoleon macht, seinen Truppen auf dem Rückzug aus Russland vorauseilend, in Dresden Station

1813, 2. Mai, Schlacht bei Großgörschen, Sieg Napoleons gegen Russen und Preußen

1813, 20. und 21. Mai, Schlacht bei Bautzen, weiterer Sieg Napoleons gegen Russen und Preußen

1813, 26. und 27. August, Schlacht bei Dresden, Napoleon errang seinen letzten Sieg auf deutschem Boden

1813, 16. bis 19. Oktober, Die Völkerschlacht bei Leipzig brachte Napoleon eine verheerende Niederlage. Die sächsischen Truppen liefen zu den russischen und preußischen Truppen über

1813, 11. November, die belagerte Festungsstadt Dresden kapituliert

1815, 18. Juni, Schlacht bei Waterloo

1815 Ende des Buches **„Der russische Dolch"**

1825 die Gesellschaft „Stockton and Darlington Railway" eröffnet die erste öffentliche Eisenbahnstrecke in England

1835, im Dezember, Eröffnung der Eisenbahnstrecke Nürnberg - Fürth

1839, 7. April, Fertigstellung der ersten sächsischen Eisenbahnstrecke von Leipzig nach Dresden

1847 Anfang der Buches **„Eine sächsische Revolution"**

1848, 21. Februar, Karl Marx und Friedrich Engels veröffentlichen das Manifest der Kommunistischen Partei

1848, 22. bis 24. Februar, Februarrevolution in Frankreich

1848, 18. März, Berliner Barrikadenaufstand

1848, 31. März bis 3. April, das Frankfurter Vorparlament tritt zusammen

1848, 24. März, Beginn der Erhebung in Schleswig-Holstein

1848, 18. Mai, die deutsche Nationalversammlung tritt in der Frankfurter Paulskirche zusammen

1849, 28. März, Verabschiedung der Paulskirchenverfassung

1849, 3. bis 9. Mai, Dresdner Maiaufstand

1849, 30. Mai, Ende der Frankfurter Nationalversammlung

1849, 30. Juni, Beginn der Belagerung von Rastatt

1849, 18. Juli, Ende der Buches **„Eine sächsische Revolution"**

1849, 23. Juli, die Festung Rastatt fällt und damit endet die Revolution

1850, 1. Mai, Anfang des Buches **„Eine Gräfin in Amerika"**

1850, 18. September, der amerikanische Kongress erlässt auf Druck der Südstaaten ein Gesetz, das die Nordstaaten zwingen soll, entlaufene Sklaven wieder ihren Besitzern zu übergeben

1851, 5. April, die Wahpekhute in Minnesota überlassen der Regierung der Vereinigten Staaten einen Großteil ihres Stammesgebiets gegen Geld und Lebensmittel

1851, 19. Juni, Ende des Buches **„Eine Gräfin in Amerika"**

1852, der Pelzhändler Alexander Faribault gründet die Stadt Faribault in Minnesota

1852, 8. Mai, Ende der Schleswig - Holsteinischen Erhebung

1862, April, Beginn des Buches **„Zwei Frauen unterm Sternenbanner"**

1862, 18. August, die Dakota greifen die untere Sioux-Agentur an und brennen diese nieder.

1862, 26. Dezember, 38 Krieger der Dakota werden bei der größten Massenexekution in der amerikanischen Geschichte gehängt.

1863, 17. Juli, in der Schlacht von Honey Springs treffen schwarze Unionssoldaten auf Cherokee im Dienste der Konföderierten.

1864, April, Ende des Buches **„Zwei Frauen unterm Sternenbanner"**

1866, Mai, Anfang des Buches **„Äskulaps starke Töchter"**

1869, die National Woman Suffrage Association (NWSA) wird gegründet

1871, 8. bis 10. Oktober, ein Großfeuer wütet in Chicago, Illinois, und zerstört große Teile der Innenstadt

1871, das Grand Central Depot in New York wird fertiggestellt

1872, 18. November, Susan B. Anthony wird nach ihrer Beteiligung an der Präsidentschaftswahl festgenommen

1874 Ende des Buches **„Äskulaps starke Töchter"**

1900 –

1939, 1. September, Angriff der Wehrmacht auf Polen

1939, 1. September, Anfang des Buches **„Liebe in stürmischen Zeiten"**

1939, 3. September, Frankreich und das Vereinigte Königreich erklären Deutschland den Krieg

1940, 10. Mai, der Angriff deutscher Verbände auf die Niederlande beginnt

1940, 24. Juni, französischer Waffenstillstand wird unterzeichnet

1941, 22. Juni, deutscher Überfall auf die Sowjetunion

1942, 23. August, Beginn des Kampfes um Stalingrad

1943, 2. Februar, Ende des Kampfes um Stalingrad

1943, 5. bis 16. Juli, Schlacht am Kursker Bogen

1945, 13. bis 15. Februar, schwere Luftangriffe auf Dresden

1945, 7. Mai, bedingungslose Kapitulation aller deutschen Truppen

1949, 23. Mai, Gründung der BRD

1949, 7. Oktober, Gründung der DDR

1953, 17. Juni, Volksaufstand und Streiks in der DDR

1954 Ende des Buches **„Liebe in stürmischen Zeiten"**

2000 –

Von Uwe Goeritz ebenfalls beim Verlag BoD erschienen (BoD – Books on Demand, Norderstedt, nähere Informationen finden Sie unter www.BoD.de)

„Schicha und der Clan des Bären", die ISBN lautet 978-3-7386-0262-3
108 Seiten

„In den finsteren Wäldern Sachsens", die ISBN lautet 978-3-7357-7982-3
108 Seiten

„Der Gefolgsmann des Königs", die ISBN lautet: 978-3-7357-2281-2
116 Seiten

„Im Zeichen des Löwen", die ISBN lautet: 978-3-7347-5911-6
116 Seiten

„Kaperfahrt gegen die Hanse", die ISBN lautet: 978-3-7386-2392-5
108 Seiten

„Die Bruderschaft des Regenbogens", die ISBN lautet: 978-3-7386-5136-2
112 Seiten

„Im Schein der Hexenfeuer", die ISBN lautet: 978-3-7347-7925-1
112 Seiten

„Die Räubermühle", die ISBN lautet: 978-3-8482-0893-7
112 Seiten

„Der russische Dolch", die ISBN lautet: 978-3-7412-3828-4
116 Seiten

„Das Schwert des Gladiators", die ISBN lautet: 978-3-7412-9042-8
116 Seiten

„Frauenwege und Hexenpfade", die ISBN lautet: 978-3-7448-3364-6
116 Seiten

„Die Sklavin des Sarazenen", die ISBN lautet: 978-3-7448-5151-0
308 Seiten

„Die Tochter aus dem Wald", die ISBN lautet: 978-3-7448-9330-5
116 Seiten

„Anna und der Kurfürst", die ISBN lautet: 978-3-7448-8200-2
312 Seiten

„Westwärts auf Drachenbooten", die ISBN lautet: 978-3-7460-7871-7
120 Seiten

„Nur ein Hexenleben...", die ISBN lautet: 978-3-7460-7399-6
312 Seiten

„Sturm über den Stämmen", die ISBN lautet: 978-3-7528-7710-6
124 Seiten

„Die Rache der Barbarin", die ISBN lautet: 978-3-7528-4103-9
128 Seiten

„Im Feuersturm – Grete Minde", die ISBN lautet: 978-3-7481-2078-0
312 Seiten

„Rosen hinter Burgmauern", die ISBN lautet: 978-3-7347-0321-8
312 Seiten

„Auf Bärenspuren", die ISBN lautet: 978-3-7412-9116-6
316 Seiten

„Im Schatten des Feuerberges", die ISBN lautet: 978-3-7481-3800-6
120 Seiten

„Ein Sommer unter der Mondsichel - Wien, im Jahre 1683",
die ISBN lautet: 978-3-7494-5288-0
328 Seiten

„Der schwarze Tod - Mainz, im Jahre 1349",
die ISBN lautet: 978-3-7494-7180-5
336 Seiten

„Eine sächsische Revolution", die ISBN lautet: 978-3-7528-8679-5
336 Seiten

„Liebe in stürmischen Zeiten", die ISBN lautet: 978-3-7519-1929-6
160 Seiten

„Das siebente Mädchen", die ISBN lautet: 978-3-7504-3239-0
328 Seiten

„Ein Jahr unter Gauklern", die ISBN lautet: 978-3-7519-8230-6
336 Seiten

„An fremder Küste", die ISBN lautet: 978-3-7534-7768-8
332 Seiten

„Die Braut des Templers", die ISBN lautet: 978-3-7534-4502-1
340 Seiten

„Das Versteck des Eremiten", die ISBN lautet: 978-3-7543-3412-6
340 Seiten

„Eine Gräfin in Amerika", die ISBN lautet: 978-3-7557-7346-7
340 Seiten

„Im Schatten des Regenbogens", die ISBN lautet: 978-3-7562-5829-1
340 Seiten

„Zwei Frauen unterm Sternenbanner", die ISBN lautet: 978-3-7562-2366-4
356 Seiten

„Äskulaps starke Töchter", die ISBN lautet: 978-3-7412-8947-7
360 Seiten

Aktuelle Informationen und Neuerscheinungen finden sie immer im Internet unter:

www.Goeritz-Netz.de